GAEA

GAEA

筆世界 vol. 4〔完結篇〕

渾沌女神

戚建邦——著

筆世界 vol. 4

渾沌女神

目錄

好心的朋友們，看在上帝的份上，

請不要挖掘此墓，

放過此墓的定會得到祝福，

妄動我骨的絕對逃不過詛咒。

——莎士比亞（*William Shakespeare*）

ch.1

中正機場

我手持護照證件，站在入境證照查驗台前方排隊，腦中回想著剛剛在飛機上閱讀的報紙。之前，我曾爲了莎翁之筆的事來過台灣一次，並與天地戰警的作者接觸，討論誘捕天地戰警叛徒事宜。但因眞正的誘捕行動是在我回紐約後展開，所以我並沒有在台灣停留太久。不過，當初爲了融入天地戰警的社會背景，我也曾花時間研究台灣和中國大陸之間的關係。

我必須慚愧地說，直到那個時候，我才知道原來台灣並非中國的一部分。

總而言之，根據飛機上報紙所示，過去六個月來，台灣社會動盪、反陸情緒高漲，兩岸關係持續惡化，已到了前所未見的地步。大陸頻頻傳出台商遭到綁架與暴力毆打的消息；而大陸觀光客也三不五時在台灣發生暴力意外；海上喋血事件不斷，空軍演習擦槍走火，兩方各大城市都開始出現反陸以及反台的示威遊行，所有能出錯的環節，統統出錯。

只要把一個台灣人跟一個大陸人放在一起，一段時間過後肯定會吵起來，放再久一點就會動手，再不把他們分開，事情就有可能一發不可收拾。這叫作台海衝突一觸即發。

是的，這就是我在飛機上看到的新聞標題：台海衝突一觸即發。

此刻，女神尚未進入人間，渾沌力量就已經影響至此。要是真讓她進來，世界將可能萬劫不復……

「先生，請往前。」

我回過神來，發現入境人員正在對我打招呼，於是立刻走到查驗台前。我將護照跟入境表格交給查驗台後方的年輕男子，露出最誠懇的微笑。承辦人員一邊翻閱護照，一邊鍵入資料，一邊跟我閒聊。

「Mr. Chien Xiao Shu？」他一邊看著我的護照，一邊說道，「是中文名字？」

「是，」我操著中文說道，「錢曉書。」

他抬頭看看我，又看看護照，揚起眉毛。「很少看到白種美國人直接取中文名字。」

我點頭。「我的情況比較特殊。」

他拿起章正要蓋下，突然愣了愣，目光轉向旁邊的電腦，隨即伸手招呼旁邊的機場安全人員。

「錢先生，不好意思，你的護照有點問題，我必須請你跟我們的安全人員走一趟。」

我兩手一攤，轉向安全人員。他們取走我的隨身行李，一前一後地領著我離開。我跟著他們來到查驗台側面，通過一扇門，走過一條走廊，來到一間小房間。房間中央擺著一張大桌子，旁邊靠牆擺了幾張椅子。其中一人請我將雙手放在桌上，開始搜我的身，另外一人則在我對面打開我的行李袋，把所有東西倒上桌面，逐一檢查。好吧，至少沒有叫我脫衣服。

「可以請問到底有什麼問題嗎？」我趁身後的安全人員請我到牆邊拉張椅子坐下之後，問道。

「例行公事。」安全人員將我口袋裡的雜物排在桌上，確定其中沒有危險物品後，又走過去幫忙搜行李的同事。兩人檢查得十分徹底，足足鬧了五分鐘左右，才把東西丟在桌上，走回門口，一左一右地立正站好，完全不打算理我。

我坐在椅子上，默默看著他們。片刻過後，我看他們還是不打算說話，便舉手問道：「請問……」我比向桌上，「我可以拿我的手機玩嗎？」

剛剛搜身的男人看了我一眼，說道：「請你坐好別動。」說完，伸手摸摸右耳，抓起垂在耳邊的小麥克風，拉到左邊說聲：「收到。」接著向同事打個招呼，兩人一起開門離開。

數秒後，房門再度打開，走進來一個繫著黑色西裝領帶、戴著墨鏡的青年男子。此人手裡提著個鼓鼓的公事包，腋下夾著一份文件夾，反手關上房門，脫下墨鏡，放入襯衫口袋，隨即露出親切的笑容，對我招呼：「錢先生，不好意思耽誤你的時間，今天有點忙。」

他走過大桌子，拉了一張椅子放到桌後，將我的行李和袋子往我的方向推來，清出桌面

上一塊空間，把文件夾端端正正地擺在桌上，接著坐在椅子上，將公事包放在腳邊。他攤開文件夾，閱讀其中資料。我探頭看了一下，資料不算厚，但依然有好幾頁。我把椅子拉到他的對面坐下，開始收拾桌上行李。他並沒有阻止我。

一段沉默過後，他開口問道：「錢曉書是你的本名嗎？」

我指著他檔案夾裡的護照說：「我的護照上是這麼寫的。」

他皺眉：「可是你另一本護照上不是這麼寫的呀。」他說著，從文件夾中抽出一份文件推到我面前。上面是我的護照影本，有我的照片以及所有該有的資料，不過姓名欄上印的是傑克．威廉斯。

我點點頭，說道：「喔，這本是舊護照，我在入境櫃台那邊用的是新護照。新舊護照上面資料有點不一樣，這也很正常。」

「但通常姓名欄是一樣的。」對方搖頭，隨即又問：「可以請問你這次來台的目的爲何？」

「公事。」我說。

「什麼公事？」他問。

「拯救世界。」

「喔……」他輕輕點頭，似乎想想點機智幽默的言語來回應我的話。片刻之後，他說：「貴公司生意做很大。」

「還好。」我說，「很少有機會出國。」

他凝視我片刻，接著收起笑容，將檔案夾闔好，正色說道：「威廉斯先生，我這裡關於你的資料少得可憐，但是當我申請進一步資料時，上面竟然不肯給我。我必須坦承，上班這麼多年，從沒遇過這種事。現在的問題在於，你的名字被我們單位列在一級警戒的清單裡面，而通常這種人物都大有來頭，資料應該要有這麼厚才對……」他張開食指跟大拇指，比出一個很厚的距離。「所以很顯然，上面並不希望我知道你是誰，但偏偏又要我過來調查你。」

我搖頭表示同情。「上面總是喜歡讓下面難做。」

「可不是。」他也搖頭。「好吧，我只有一個問題。你如果用自己的護照進來，根本不會引起任何注意，爲什麼要特別換上錢曉書這個名字？」

「我想要知會你們單位一聲。」

「你要讓我們知道你到台灣了？」他揚眉。

「是。」我點頭，「事實上，我只是要讓你們單位主管知道。陳天雲還是你們的主管，

沒錯吧？」

對方神色一凜，目露精光。「這我不能透露。」

我微笑：「你是天地戰警的人，對吧？」

對方搖頭：「這我不能透露。」

我嘆氣。「如果你什麼都不能說，我們很難繼續交談下去。你要不要先請示一下，看看我們該怎麼處理這件事？」

男人身上傳來一陣手機鈴聲。他伸手到西裝內袋取出手機，按下通話鍵，放到耳邊。

「是……是……確定要這樣做？好，我了解了。」說完，他將手機收回口袋，冷冷地凝視著我。

我兩手一攤。「所以呢？」

「我恐怕必須請你收拾行李，直接回美國。」他說，「我會負責安排，盡快送你上飛機。費用由我們單位全額給付。」

「就這樣？」我問，「連機場都不讓我出？」

「上面的命令。請不要為難。」

「如果我不肯走呢？」

他皺眉看我，沉思片刻，最後長嘆一聲，往後靠向椅背，說道：「你的本名是傑克．威廉斯？」

我點頭：「是。」

「確定是傑克．威廉斯，不會又是其他化名吧？」

我揚起一邊的眉毛：「就是傑克．威廉斯。」

他拿起腳邊的包包，放在膝蓋上，伸手進去摸索，邊摸邊道：「傑克．威廉斯？」

我有點哭笑不得，正要開口回答，心中突然起疑。我皺眉看著他的公事包，接著目光向上移動到他臉上，緩緩問道：「你的包包鼓鼓的，裡面該不會放了一個葫蘆吧？」

他愣在當場，一副被人揭穿把戲的模樣，接著認命般地嘆了口氣，將公事包放在桌上，取出其中一個葫蘆。「紫金紅葫蘆。好東西。只要拿著它叫人，對方又回應了，立刻就會被吸入壺裡。可惜有兩個缺點，一個是你一定要把它拿在手上才能用，偏偏這年頭拿個葫蘆很容易引人側目。第二個缺點，就是你一定要確認對方的姓名，千萬不能亂喊，否則很可能會逆火反噬。」

我站起身來，他也立刻站起。我臉色一沉，說道：「你忘了說被吸進去的人，過個一時三刻就會化為一灘血水。天地戰警什麼時候開始這麼不由分說、胡亂殺人了？」

「我沒有要殺你。」他解釋道，「我只是要把你送上飛機，遣送出境。」

「我說過我不走。」

「事情鬧大，對你不會有好處。」

我突然感到全身發毛，彷彿小房間內的氣溫突然下降。我皺起眉頭，偏過頭去，打量對方的背後。我發現他的影子中隱隱浮現詭異的躁動。

「你最近是否惹上什麼麻煩？」我問。

「沒有。」他的聲音微微透出緊張，似乎突然警覺到有事情發生。

「你的背後跟了個東西。」我說。

男子立刻轉頭，但是他的影子也在同一時間疾竄而起，一道黑氣突然將他整個腦袋包覆其中。男子身體騰空而起，當場就被拖入黑影內。我一躍上桌，衝上前去，手泛仙氣，一把抓住他的腳踝，使勁向後拉扯。黑影力道極猛，不過我的力氣也不差。事實上，要不是害怕一下子就把人扯壞，我根本不會跟它僵持。數秒後，我慢慢將男子拖出黑影，在他的肩膀離開黑影時，我立刻伸出另一隻手抓住他的後頸，一股作氣地將他拉回來。

我帶著男子迅速後退，跳過桌面，轉身落地，目光始終沒有離開位於桌子另一邊的黑影。站穩腳步後，我側眼瞄向男子一眼，只見他面無血色，不過呼吸濃厚，應該沒有大礙。

我看回眼前的黑影，只見對方如同一團凝聚不散的黑色濃煙，頭上突起長角，隱約呈現山羊頭顱的形狀，全身充滿邪異氣息，但是虛無縹緲，似乎隨時都會煙消雲散。

「那是什麼東西？」男人慌忙問道。

「你問我？」我說，「它是衝著你來的啊。」

男人聲音發抖，似乎冷得厲害。「極陰極寒，邪異沖天，但是缺乏一點傳統妖氣，不是東方常見的妖怪。」

「多猜無益，直接問它。」我朝向黑影點頭。「喂，你是什麼東西？」

「我乃巴弗滅！」一個陰森渾厚的聲音說道，「來此取得附身肉體。交出那個男人，不要多管閒事，不然只有死路一條。」

「基督教惡魔，跑來台灣做什麼？」我問。

「你問太多了！」惡魔說完，黑氣爆發，朝向我們鋪天蓋地而來。我掌心一翻，聚氣成形，克拉瑪之刃憑空出現。惡魔黑氣竄到我的面前，看到克拉瑪之刃，立刻出手來搶。我後縮手臂，避過黑手，隨即向前疾刺，當場將它的黑手砍成兩段。惡魔一把抓起斷手，塞回體內，再度凝聚成身體的一部分。它哈哈大笑，說道：「我尚未取得肉體，任你克拉瑪之刃再強，也砍不了我。」

「你沒有取得肉體，想在世間遊蕩多久？」我惡狠狠地問。

「夠久了！」

巴弗滅說完又要撲上，不過身後突然傳來男子的叫聲。

「巴弗滅！」

惡魔回頭喝道：「幹什麼？」

只見男子高舉葫蘆，冷冷一笑：「給我進來。」

屋內陰風四起，邪氣亂竄，轉眼間，巴弗滅已經整個被吸入紫金紅葫蘆之中。

塵埃落定後，男子取出一張符咒，貼住葫蘆口。我們互相對望，屋內一片死寂。過了一會兒，男子張口欲言，我馬上伸手指向他的葫蘆，說道：「先把葫蘆放下來再說。」

男子將葫蘆塞回公事包，隨即回過頭來，問道：「你說那是基督教惡魔？」

我點頭。「如果它確實是巴弗滅的話。」

「基督教惡魔……」男子眉頭深鎖，神情困惑。

「怎麼了？」

他搖頭：「這半年來，台灣出現許多不是土生土長的妖怪。事實上，爲了應付這些外來妖怪，天地戰警特別獨立出一組人馬，專門研究世界各地的神話……」他抬頭看我，問道：

「你來台灣，是爲了調查這件事？」

「可以算是。」我說。

「但我的上級之所以阻止你來，是因爲……」

「因爲事情跟天……」

「我是在喃喃自語，你不必告訴我答案。」男子打斷我，「好了，我接到的命令是要把你遣送回國……」

我愣了愣：「我剛剛救了你一命啊。」

「大恩不言謝。」男子說，「再說，救我一命跟把你遣送回國是兩回事。」

「你這是在逼我？」我問。

「沒錯。」他走到我的面前，轉身背對我，「下手輕一點，拜託。」

我輕嘆一聲：「巴弗滅是有名的惡魔，你要小心看管它。惡魔的附身宿主都已註定，你要是讓它跑了，它遲早會附你的身。」

「知道了，動手吧。」

我揚手斬向他的後頸，隨即接過他的身體，輕輕將昏迷的他放倒在地。我自他身上取出手機，接著起身收拾隨身行李，同時多拿一件薄外套穿在身上。一切弄好後，我拿出自己的

手機，按下快速撥號。

「愛蓮娜？」電話接通後，我說道，「外面狀況。」

「走廊上沒人。」愛蓮娜的聲音自手機中傳來。「剛剛那兩名安全人員，又回去原先的位置了。」

我推開房門，步入走廊，迅速朝通往入境櫃台的大門前進。來到門口，我問：「資料改過了嗎？」

「我阻隔了機場主機跟天地戰警資料庫的連線，你的身分暫時沒有問題。」

「觀察時機。」

「現在。」

我收起手機，輕輕推開大門，大步走了出去。剛剛那兩名安全人員此刻正在趕往某個查驗台，處理另一名有問題的人物。我大搖大擺地繞過驗證隊伍後方，排在距離剛剛那個櫃台一段距離外的另一排隊伍，若無其事地等待通關。沒過多久，輪到我了，我走到查驗台前，遞上我的證件，臉上再度露出最誠懇的微笑。

「Chien Xiao Shu？中文名字？」

「是，錢曉書。」

「很少看到美國人直接取中文名字。」

「我的狀況比較特殊。」

「歡迎來到台灣。」

查驗人員在我的證件上蓋章，然後推還給我。我收起證件，說了聲「謝謝。」隨即離開。

「愛蓮娜，我通過了。」

「保羅在入境停車場裡幫你留了一輛車，3—2車位，鑰匙在駕駛座那邊的車底。」

「待會兒再聯絡。」

我走過行李提領區，不過我並沒有託運任何行李。我的行李都走其他管道，跟保羅一起進入台灣。事實上，我根本沒必要搭乘民航客機進來。我這麼做，只是爲了讓陳天雲知道我到台灣了。

我順利出關，穿越入境大廳，前往入境停車場，找到3—2車位，只見車位上停了一輛銀色豐田轎車。我彎下腰，自車底摸出鑰匙，打開車門，坐了進去，將行李丟在乘客座上，發動引擎，開啓空調。我閉上雙眼，休息幾秒，接著打開行李袋，取出天地戰警探員的手機，用連接線連接我自己的手機。我再度打給愛蓮娜。

「愛蓮娜，我要追蹤電話。」

愛蓮娜幫我解開天地戰警探員手機的密碼。我開啓通話記錄，回撥剛剛在小房間裡打給他的那個號碼。鈴響三聲，對方接起電話。

一名女子的聲音說道：「喂？」

「你好，我找陳天雲先生。」

對方沒有回應，話筒中一片死寂。

「小姐，」我說，「可以請妳幫我轉給陳天雲先生嗎？」

對方持續沉默，時間久到不像專業探員應該有的處理態度。我正想講點什麼諷刺挖苦的言語，對方終於開口說話。

「曉書？」女子說，「是你？」

我一口氣吸到一半，全身當場一僵，手掌顫抖，差點連手機都掉到地上。

「你爲什麼要回來？現在時機不對，這裡太危險了。我叫你飛回去，你爲什麼不肯上飛機？曉書……」

我按下掛斷鍵，拔下連接線，愣愣地看著手中電話。

「傑克？電話斷線了，我沒有查出對方位置。剛剛是怎麼回事？」

「我待會兒打給妳。」

我切斷愛蓮娜的電話，繼續愣愣地看著手機。無數的回憶飛上心頭，令我久久無法自己。我早該知道一旦再度糾纏天地戰警，遲早會跟雙燕扯在一起。我只是一廂情願地希望這種事情不會發生。天知道才剛下飛機就發生了。不，我不要雙燕涉入此事，不管為了什麼理由，都不要。

我拆開手機外殼，拔下電池，抽出ＳＩＭ卡，全部捏碎。接著我開車上路，駛出停車場，沿路將手機殘骸分三次拋出車外。

我加催油門，朝台北急駛而去。

ch.2

股東大會

天際標靶事件結束後，我們隨即回到凱普雷特集結，進行進一步的情報收集，並且商討接下來的行動。根據資料顯示（以及衛星畫面證實），天地戰警的總部確實設在陽明山中山樓地底，雖然我一直認定這棟蓋在硫磺口的建築，現實中根本蓋不出來，但它畢竟還是成爲現實了。關於天地戰警的詳盡資料，一切都跟我印象中沒有差別，主管至今依然是陳天雲。不過半年前，他將大部分職責交接給副主管曹萬里，自己帶領一批親信外出設立分部，開啓一個代號新氣象的計畫。新氣象計畫保密至極，就連天地戰警的主機裡，也沒有分部地址的資料。我們調出計畫卷宗，主旨非常簡單，就是「爲世界帶來新氣象」。

關於取得莎翁之筆跟命運之矛等任務，天地戰警並沒有記錄，看來應該是屬於新氣象計畫的一部分。我要求愛蓮娜盡力追查新氣象計畫的一切，不過幾乎查不出任何頭緒，彷彿它們只是天地戰警伺服器中的一個預定計畫名稱，根本沒有眞正執行過。然而，我們很清楚這個計畫有在運作。儘管不清楚確實目的，但是任何手中握有莎翁之筆跟命運之矛的組織，都絕不能放任不管，除非握有這兩樣東西的是我本人。這種矛盾的想法，短暫地令我不安，但

是我並沒有細想下去。我沒有那麼多時間。

想要了解進一步的情況，我就必須跟天地戰警的人接頭。

我第一個想到的人就是雙燕，第一個否決的人也是她。否決她並沒有任何實際理由，完全是基於心理因素，而且是不適合在瑪莉面前提起的心理因素，所以我決定根本不要提起這個選擇。

第二個想找的人是道德天師。本來我以為逸仙直銷這個公司沒搞頭，其實不然。顯然，台灣社會還是很能接受這種聽起來十分迷信的商品，特別是在這些商品透過電視購物、名人代言等手法建立口碑，並且在大陸設廠，全面量產後，更是熱賣。如今逸仙直銷已經擴大營業，變成上市公司，相傳最近正在計畫如何將主力產品「三身符」推上國際舞台。我們查到公司網站，試圖直接跟張經理聯絡，才發現當年的張經理已經變成張董事長。張董是個大忙人，忙到連董事長特助都聯絡不到人。很顯然，他在躲電話。

於是，就只剩下大同眞君了。大同眞君的電話號碼當然不是那麼好查，不過我剛好知道最近上線的全球修煉網正是出自他的手筆。於是，愛蓮娜進入該網站大搜特搜，查出主機位置，進一步追蹤網管的網路位址，然後建立起交談連線。我花了很長的時間，向大同眞君證明自己的身分，然後解釋當前情況，並且請求協助。大同眞君沉吟許久，一口拒絕。

「但是眞君，一旦女神進入現實，後果肯定不堪設想。」我皺眉說道。

「那是你的看法。」眞君說。

「還有其他看法嗎？」我問，「我說得還不夠清楚嗎？」

「當然還有其他看法。」大同眞君理所當然地說，「比方說，陳天雲的看法。」

我揚眉：「他曾跟你提過他的看法？」

「沒有。」大同眞君停了一下，「他提過新氣象計畫，不過沒有提供細節。」

「還記得吳子明的看法嗎？」我搖頭，「吳子明只是代罪羔羊，陳天雲才是我們當初該找的人。」

「沒這回事。」大同眞君也搖頭，「吳子明不是陳天雲。你現在只知道陳天雲和女神接觸過，知道莎翁之筆的眞相。但是那又怎樣？我、道德天師，還有雙燕姑娘，也都知道了，你看到我們做出什麼不軌的舉動嗎？」

「但是陳天雲有。」我說，「他殺了基督大敵，奪走命運之矛。」

「我如果有機會，也會殺掉基督大敵，奪走命運之矛。」大同眞君說，「斬妖除魔乃是我輩份所應爲，命運之矛這種法器根本不該流落世間。他做這些事，有什麼不對嗎？」

「但是基督大敵……」

「基督大敵是你們西方宗教裡的大魔頭。你與魔頭為伍，這樣做對嗎？」

我為之語塞，片刻過後，說道：「他有苦衷。」

「他是恐怖分子，一生殺人無數，他說他有苦衷，你就要幫助他。」大同眞君凝視著我。「陳天雲是好人，一生收妖除魔，難道你認為他沒有苦衷？難道他做了一件不合你心意的事情，你就要除掉他？」

我沉默片刻。「我也想弄清楚他做這些事的動機。我不會不分青紅皀白就對他動手。人命關天，我絕不……」

「在你眼中，我們眞的是人嗎？」

我錯愕。「當然……」

「當然？」大同眞君語帶保留，「你不曾當我們是虛構人物嗎？你不曾當我們是潛在毒瘤嗎？當初你進入天地戰警，就是為了除掉得知眞相的人，不是嗎？如果你眞把他當人看，為什麼要除掉他？如果吳子明不是剛好變成大魔頭，你會不會一樣除了他？」

我一時之間答不出話來。倒不是因為我對這個答案有疑慮，而是因為我不知道該怎麼說才不會進一步觸怒大同眞君。最後我搖頭：「眞君，你這是在給我貼標籤呀。重點不在於我是否把你們當人看，重點在於你自己是否把自己當人看。你執著了，為什麼要強分你們和我們呢？當初除掉吳子明，你也有份啊。你除掉他是因爲他背叛天地戰警、陷害陳天雲、竊取唐僧之心，爲什麼我除掉他就是爲了掩蓋眞相？今天我要找陳天雲，是因爲他手中握有莎翁之筆和命運之矛，不是因爲他是不是人。你不該拿這種原因來當作拒絕我的理由。」

他冷冷看我，沉默以對。

「眞君……」我皺起眉頭，語氣遲疑。「你不該拿這種原因來當作不信任我的理由。」

他輕嘆一聲，拿起桌上的泡麵，吃了一口。「坦白說吧，」他放下泡麵，開口說道，「當初如果竊取唐僧之心的是陳天雲，我絕對不會讓你動他。」

我愣了愣。

「因爲我信任陳天雲，因爲他值得我毫無保留地信任。」大同眞君繼續說道，「你想想，要有多少情感、多少過去，才能培養出如此堅定的信任？我信任你，傑克，但是我更信任他。我相信他奪取莎翁之筆和命運之矛一定有他的理由。就算他拿著那兩樣東西去釋放女神，我也相信他一定有理由。簡單來說吧，如果他所做的一切，最終導致世界毀滅，我也相信他一定是在經過審愼判斷後所做出的最好決定。我就是這麼信任他。」

我想了想，緩緩說道：「你把他當兒子看待。」

他點頭：「人生在世，總要有些值得珍惜與堅持的事物。」

「我懂。」我也點頭，「但眞君道號大同，道走中庸，原不該出現如此偏袒的想法。」

「那麼或許我該改個道號了。」他說，「我不會幫你，不過也不會阻止你。在你採取任何行動之前，我希望你能弄清楚他的動機。天雲是個好孩子，不會誤入歧途。」

問題在於，所有父母都不認爲自己的孩子會誤入歧途。

待在紐約，能做的就只有這麼多。想要進一步的結果只能前進台灣。保羅有認識的反恐局退休探員待在台灣，可以幫助我們張羅相關事宜。我問他退休後到台灣去幹什麼，他說在美語補習班當英文老師。保羅說只要是以英文爲母語的白種人，都可以去台灣當英文老師，就算你高中沒畢業也沒關係。我爲這個國家小孩子的英文能力感到憂心，也爲他們父母的荷包感到不捨。

我本來煩惱要把草雉計畫那麼沉重的機器運入台灣會是個問題，沒想到保羅連這個問題都有解決之道。看不出來，在他眾多化名的名下，竟有多達八家的人頭公司，貨運通路遍達世界各地。於是，草雉計畫機器人，以及各式各樣的訂作裝備便輕而易舉地以醫療器材的名目空運進入台灣，而其他相關人員就用貨運公司員工的身分隨機一同抵台。

所謂相關人員，其實也就是保羅跟瑪莉兩人。我希望瑪莉留在紐約，但是她執意跟來幫忙。我並不特別擔心她的安全，不過，我很擔心她在這件事中扮演的角色。我這輩子花了很多時間在小說世界裡打轉，特別熟悉類型小說中的情節發展。像瑪莉這種打開世界大門的關鍵人物，通常到最後也很可能會是關閉世界大門的關鍵人物。而且爲了增加劇情張力，這種人都有很大的機會在結尾時上演不必要的犧牲劇情。我不希望瑪莉犧牲，我不希望任何人犧牲。當然，我也不希望讓瑪莉遇上雙燕。

但是說實在的，她想跟，我又有什麼辦法？

至於愛蓮娜，她暫時還留在凱普雷特樓上。保羅會在台灣的行動基地架設相關硬體，不過並不是一定要她搬過來。事實上，她的工作在哪裡進行都一樣，多一個巢穴只是爲了預防我們都不在家時，凱普雷特遭不名人士破壞。天知道我們樹立了多少敵人。愛蓮娜的好處在於，她隨時可以離開我的辦公室，並且在轉眼間來到保羅在台灣爲她準備的硬體之中，甚至正式進駐草雉計畫的軀體裡面——如果她跟保羅能夠及時製造出他們所謂的「人工智慧原形處理晶片」。這種技術上的問題已經超越我能理解的範圍，還是交給他們兩個技術人員去研究就好。

電話響起，我掛上耳機，按下通話鍵。

「傑克？」保羅的聲音，「你到哪裡了？」

「剛轉上一號高速公路。」

「那還來得及，我幫你重設ＧＰＳ。」

「你可以遠端重設我的ＧＰＳ？」

「厲害吧？我還可以遠端幫你開車呢。只是我想不出這麼做的理由。」

我的ＧＰＳ裡傳來「路徑重新規劃」的語音。

「要去哪裡？」我問。

「桃園尊爵大飯店。」保羅回答，「國際廳。現在逸仙直銷在那裡開股東大會，張董肯定會在現場。」

「入場需要什麼嗎？」我問。

「我用錢曉書的名義幫你開了個股票帳戶，買了幾張他們的股票。你只要到那邊簽名就好了。」

「外國人這麼好開戶？」

「喔，我已經幫你弄好身分證，你擁有台灣國籍已經三年半了。」

「你眞是戶政單位的惡夢。」

「舉手之勞罷了。」

我依據GPS的指示，十幾分鐘後來到尊爵大飯店停車場。我下車，打開後車箱，取出保羅幫我準備好的外勤行動袋，把該裝的東西裝一裝，開啓任務頻道，然後上樓來到旅館大廳。弄清楚國際廳的位置後，我朝二樓逸仙直銷股東大會的會場走去。

會場門口有三、四個工作人員，看起來並不像修道中人。我在簽名簿上簽名，隨即朝廳門走去。會議廳門旁的牆上架有液晶電視，正播放著逸仙直銷的第四台廣告。

一個身穿薄紗、濃妝艷抹的女子走出臥房，替癱在沙發上的大哥按摩肩膀，嗲聲嗲氣地說道：「老公，先喝碗堅挺符，我去幫你放熱水。」接著畫面模糊，閃出一張符咒，一個雄壯威武的男性旁白大聲說道：「逸仙牌堅挺符，讓你一柱擎天乒乓叫！」底下還打出小字，寫著：「加入逸仙直銷團隊，人生將會七彩繽紛！」

門口還貼了一張海報，上面有一部外觀很像iPod的機器，掛在一對豪乳前。下方六個燙金大字，寫道：「有三符，好舒服！」

我目瞪口呆，推開廳門，進入股東大會會場。

儘管逸仙直銷生意蒸蒸日上，依然只是個剛上市不久的公司，股東大會場地不大，到場的股東看來也不到百名。前方講台一字排開，面對股東坐著幾名公司主管。台下股東的情緒似乎都很亢奮，不過坐在最前面兩排的人，有的在看書，有的在玩手機，一看就知道是被安

排在那裡的公司自己人，爲的是不讓眞正的股東坐得離董事長太近。此刻，股東席中有不少人已經站起，同時有好幾個人開口講話，情況有點混亂，看來這場股東大會開得並不順利。

坐在台上正中央的，就是道號道德天師的張董。張董油光滿面、腦滿腸肥，身上的西裝光鮮亮麗，就是肚子凸出了點，看起來非常符合張董的身分。只不過他臉上慣有的笑容似乎比印象中僵硬些，開朗的眉頭也微微皺起，髮線似乎比之前後退，彷彿距離上次見面已然老了好幾歲。我很想揮手和他打招呼，但他肯定不會去理一個陌生的外國人。我沿著座位區外圍來到股東人群後方，打算先看看再說。

「我認爲你們應該向股東交代清楚！」一名中年男子說道，「到底你們花了多少資金去做轉投資？又投資到什麼地方去了？」

「沒錯！你們的帳面上雖然有賺，但是資金流向不清不楚，我們不能接受。」

「財報早就該公布了，你們這樣一直推託，誰會相信沒有掏空公司？」

「檢調到底在調查公司什麼方面的問題，是不是可以請董事長講清楚，說明白？」

「三身符二代已經上市一個多月，到現在又說電檢沒過，是怎麼回事？」

「三身符長得這麼像iPod，傳言蘋果要告公司侵權，我們到底有沒有實力應對？」

「你們說要去大陸設廠，結果跑到武當山上建道觀是什麼意思？你們到底是直銷公司還是宗教神棍呀？」

「當初講得天花亂墜，弄得我背著老公融資炒股，現在市值貶成這樣，你要我怎麼回家交代呀？」

我聽得下巴都快掉了下來。根據資料，我原本以爲張董事業有成，終於一了推廣修煉道術的心願，想不到公司上市後，竟搞到如此灰頭土臉。

此刻台下越講越大聲，股東群起憤慨，一副想要衝上講台洩恨的模樣。坐在前兩排的員工一看情況不對，紛紛放下手中書本或玩具，旁邊以及門外的工作人員也開始朝講台方向集結。正當情況即將一發不可收拾之際，張董終於開口說話了。

「各位股東請稍安勿躁。」張董說，「你們的問題我都記錄下來了，現在就請聽我爲大家一一報告。」

張董的音量並沒有特別大，但隱隱有一股難以忽視的威嚴，鼓譟的群眾當場安靜下來。

□

張董站起身、理理領帶，一手拔起桌上的麥克風，對照桌面的筆記。「股東提到轉投資的問題，這點大家當然非常關心。和各位股東報告，由於公司準備在年底進軍大陸，且在明年第二季前進軍美日，所以現在我們正竭力規劃全球戰略布局的問題。由於現在我們的市場主力還在台灣，市場規模不足以取得大量獲利，有鑒於商品本質，即使有多餘的資金，我們也很難提高商品供貨量。所以在這種情況之下，董事會決定將多餘的資金拿去轉投資，一方面可以增加資金的靈活運用，另一方面也可以跟未來的戰略夥伴打下良好的基礎。」

「什麼叫作多餘資金也很難提高產量？」台下有人問道。

「這又牽扯到商品製作流程的問題。」張董道，「各位都知道，我們有在大陸深圳設廠，不過深圳廠是專門用來生產iPod……不是，是三身符的電子零件，以及進行最後的組裝工程。我們的符咒本身並不能在電子廠區生產。各位要知道，我們公司的每張符咒，都是由我們的製符師傅手工繪製而成，我們不可能採取印刷方式大量生產。如果您不是在我們公司上市初期就已經參與投資的股東，在此跟您報告一下，我們曾經嘗試印刷生產，但是產品的良率太差，而且效果不彰，所以符咒的部分唯有仰賴人力才能達到最佳產能，而這一部分也是我們的商品至今無法大量生產的主因。」

「不過就是叫人拿筆鬼畫符嗎？」剛剛那名股東又問。

「並不是。」張董解釋，「要繪製出具效果的符咒，除了繪圖的精準度須注意，製符師傅也必須具有一定的修行道行。這也就是爲什麼我們要去武當山增設道觀的原因。員工訓練很重要，我們必須有自己的道觀，才能培養出工作效率強大的製符師傅。不知道這樣回答，股東是否滿意？」

剛剛的股東沒有說話，另一名股東開口問道：「所以你們修建道觀是爲了培養員工？」

「是的。」張董喝口開水，繼續說道，「培養一名製符師傅的成本很高。遇到天賦異稟的員工，或許培訓一個月就可以開始上工。但是正常來講，製符師傅的培訓過程需要經歷三個月到半年，而眞正能保證符咒品質的製符師傅，則起碼必須投入生產線作業一年以上。」

「聽說大陸方面已經有山寨版的三身符出來搶攻市場。」股東說，「你如何保證花這麼長時間培訓出來的員工不會跳槽到山寨工廠去？」

「這個問題問得很好。」張董點頭，「所以我們在開始培訓員工前，就已經簽署工作合約及保密協定，修煉界的合約具有強制執行效力，一般員工不可能單方面毀約。」

「現在三身符已供不應求，年底還要擴大市場。逸仙道觀有沒有變成血汗工廠的疑慮？最近這個話題炒得很熱……」

「爲了避免員工過度加班，我們已著手建設逸仙二觀跟逸仙三觀。」張董回答，「我們

的終極目標是要把武當山規劃成一整個製符業園區，藉以達到規模經濟的效益。關於這點，我們已經在和大陸的山寨廠商洽談，也已向武當山附近的道觀打過招呼。至於文化保護方面的問題，由於武當園區的開發可以爲漢江南岸提供數十萬的工作機會，所以有關當局也樂觀其成。」

他停了一下，發現股東並沒有進一步提問，於是移往下一個議題。「股東提到公司拖延財報一事，其實我們眞的不是刻意拖延。各位都知道，前陣子發生檢調搜查公司事件。由於檢調方面對公司的財物狀況提出質疑，所以我們必須針對疑點提出解釋。虧空公司的事，即便只是傳言，對公司也會造成莫大的傷害，我們絕對不能掉以輕心，所以才需要一再地精算財務報表，直到確定沒有問題才能公布。請股東稍安勿躁，我們一定會盡快提出財報。」

「盡快到底是多快？」

「非常快。」

張董趁台下還沒開始進一步逼問日期之前，搶先開啓另一話題。「至於檢調調查公司哪一方面的問題，那眞是現代社會對於傳統道教的誤解了。基本上，新聞一開始的報導說的是事實，整個事件最初就是因爲有民眾檢舉我們第四台廣告誇大不實，說得明確一點，就是堅挺符的廣告。不知道各位股東是否用過堅挺符？我相信實際用過的客戶，肯定會知道我們的廣告是否誇大……」

台下突然有人插話：「聽說張董是出家道士，為了推廣傳統修煉道術，才成立逸仙直銷，請問張董本人實際使用過堅挺符嗎？」

張董眉頭一皺，隨即又換上一張笑臉。「不瞞各位，我本人確實喝過堅挺符，雖然喝了以後並沒有實際嘗試……堅挺符所產生的效果對於……房事那方面是否能夠提供幫助。不過一杜擎天這種形容，我絕對可以拍胸脯保證。」

台下傳來一陣心照不宣的笑聲。

「但是大家也知道，現代社會的消費者有多難取悅，基本上沒有任何產品可以滿足所有人的需求。問題是我們的產品比較敏感，也比較容易吸引媒體注意，於是大家就開始大幅報導。一旦引起社會大眾注意，就牽扯出三身符中的隱身符究竟是否危及公眾隱私、需不需要負起社會責任的問題。一個半月前，我們的顧客利用隱身符犯案一事，更是將這個議題推往高峰。檢調單位著手調查後，發現我們的產品不但效果神奇，其中還有不少遊走於道德邊緣。儘管他們對外宣稱搜查公司是要了解公司的財務狀況，但其實在我看來，他們只是想要找出我們產品的製造漏洞，進而宣稱我們是詐騙集團。各位可以想像，我們公司已經成為社會焦點，辦成這個案子，可以讓多少人升官發財。」

「所以公司沒有掏空公款的問題？」股東問。

「絕對沒有！」張董斬釘截鐵地說。

「那麼公司的產品有沒有道德問題呢？」後方冒出一個身穿牛仔褲和T恤，一看就像抗議團體的熱血青年。「賣這些產品，良心不會不安嗎？」

這顯然不是正常股東所關心的話題，於是群眾中已開始有人叫那傢伙閉嘴。張董請大家安靜，接著正色對剛剛發言的人說道：「向股東報告一下，公司的宗旨是要推廣修煉，提升心靈。雖難保不會有心術不正的消費者拿去作惡，但基本上，我們的產品都是沒有問題的。符咒只是一種工具，爲善作惡，那是使用者的道德問題。前一陣子，警方利用隱身符混入毒窟，打擊犯罪；高速公路車禍，駕駛及時啓動護身符逃過一劫；母親跳樓輕生，十歲孩童使用定身符英勇救母；這種正面新聞，就只能佔到這麼一點小版面，難道股東們認爲社會整體對於我們的批判，是公平的嗎？」

我跟大家一起將目光轉向剛剛那名正義股東身上，該股東又義正辭嚴地說了幾句道不道德的話，不過我沒專心在聽，因爲我發現在他身邊站了一名神情特異的男子。該男子失魂落魄、印堂發黑，顯然是走足了霉運，但看向張董的目光卻是充滿怨毒，似乎想要有所作爲。

我心念一動，開始朝對方擠去。

「至於三身符二代電檢問題，其實也是檢調搜查公司所衍生出來的誤會。我們已備齊文件送驗，相信下個禮拜前就能解決。」張董決定不再理會正義股東，逕自開啓下一個話題。

「而說起蘋果要告逸仙直銷，那已是完全莫名其妙的媒體報導。各位試想，我們只是預計明年第二季要在美國推出三身符二代，截至目前爲止，三身符還是屬於台灣本土的產品，美商蘋果有什麼理由告我們？又不是說三身符可以拿來聽ＭＰ３？是不是？雖然我們已經在三代產品裡規劃了這個功能，但至少在目前這個時間點上，我們還不需要擔心蘋果。」

「至於最後這位太太的問題嘛……」張董語重心長，「融資炒股……眞的不是家庭主婦該做的事呀。」

「我操你媽！」一名男性股東大聲吼道，「你讓老子傾家蕩產，老子今天要你陪葬！」男子吼完之後，伸手到腰間拔出一把手槍。「去死吧！」

我揮出右拳，擊中對方手槍。就聽見槍聲一響，天花板上隨即飄落塵土。股東群中一陣發喊，所有人開始奪門而出。我扭住對方手腕，朝側面硬扳，手槍脫手而出。對方神色凶狠，不顧一切朝我撲來。我架開他的雙手，一腳踢歪他的小腿，使他摔落在一堆椅子之間。這時三名保全人員衝上來，踢開手槍，將肇事者壓在地上。我轉頭看向講台，發現上面的一排公司高層已不知去向。我又轉向講台旁的出口，只見張董在一堆員工的護衛下，又把腦袋

從兩扇木門中間探了回來。

「多謝這位先生出手相助。」張董笑容滿面地對我說。

「應該的。」我說。

「這麼英勇助人的人，在現今台灣社會並不多見呀。」張董不顧保全人員勸導，擠回會場。「而且還是個外國人。」

我點頭示意，看著保全人員將肇事者自後方出口架出會場。

張董來到我的面前，對我伸出手。「不知道這位先生怎麼稱呼？」

我接過他的手掌，熱情一握。「錢曉書。」

張董微微一愣，隨即眉開眼笑，跟我勾肩搭背。「原來是錢老闆，好久不見啊。跟我上去聊聊吧？」

□

由於發生槍擊事件，股東大會提早散會，擇日再開。警方迅速抵達現場，跟相關人員逐一約談（包括我在內）。足足鬧了一個下午，我才終於有機會跟張董獨處。

傍晚時分，張董忙了一天，精疲力竭，提議去飯店皇家俱樂部洗三溫暖。我說有事要跟他私下談，於是他和飯店打聲招呼，關閉三溫暖部，就讓我們兩個人在裡面盡情洗澡。我們更衣完畢，正要下水，門外竟然還推來一輛餐車。美酒美食擺在熱呼呼的澡池旁，供我們兩人舒服享用。

我等張董小酌一杯清茶，神情愉悅地躺入澡盆後，才說道：「張董這兩年過得不錯。」

「嗯。」張董笑了笑，不過看不出是微笑還是苦笑。我覺得似乎苦笑的成分居多。「錢老闆，原來你是洋鬼……是外國人呀？眞想不到。」

「我是美國人，在紐約經營一家小酒館。」我說，「如果你需要度假，來紐約我可以帶你走走。」

「度假啊？」張董輕嘆一聲，「要是沒被限制出境，我還眞想去度個假呢。」

我揚眉。「公司的問題很大？」

張董放聲苦笑，片刻後說道：「很大啊，早知道我就不上市了。」他打開餐盤，拿起一根紅蘿蔔就往嘴裡塞。咀嚼片刻，吞下肚去，說道：「說什麼推廣修煉，結果公司上市後我每天都忙翻了，哪有什麼時間再去談論理想、舒展抱負？」

「原諒我說話直一點。」我說，「從前的你，市儈得很可愛；但是今天的你，純粹只是

市儈。你是否已經忘了初衷？現在的你，到底是在推廣符咒，還是單純在賣符咒？」

張董閉上雙眼，休息片刻，長嘆一聲。「我每天睡覺前都會這樣問自己。我告訴自己，要把符咒賣得多、賣得遠，才能讓全世界的人都了解修道的好處。但是修道的好處難道是為了隱身偷窺？為了一柱擎天乒乓叫？公司上市不久，我就開始發現這是一個速食的年代，現代人只想享受符咒的效果，沒有人想知道如何製造符咒，也不想要知道修道有成後可以把自己提升到怎樣的境界。世界追求的，跟我理想中差太遠了。」

我搖頭。「當初你成立逸仙直銷時，就知道這不是件容易的事，但你依然義無反顧地去做。因為你相信只要有心，一個人的力量也可以改變世界。難道如今你要因為世界令你失望就反過來讓世界改變你？」

他看著我。「我必須為股東負責。」

我看著他。「你到底在說什麼，自己聽到了沒有？」我揮手比向空蕩蕩的三溫暖室、比向豐盛的素齋餐車。「看看你的生活，如此派頭、如此物質。還記得當年我們在逸仙直銷小小的辦公室裡喝的那杯清茶嗎？你的拂塵呢，天師？如果你不介意我叫你天師的話。」

他神情茫然，眼神飄向遠方，彷彿在回憶遙遠的當年。

「你……怎麼了？」我問。

他緩緩搖頭。「吳子明事件過後，我有種萬念俱灰的感覺。世界不眞實，我不知道該做什麼。我覺得一切都不像以往那麼明確，那麼重要。我做什麼事情都……多了一份無所謂的感覺，好像我並不是那麼在乎我成不成功……並不是那麼在乎我是否嚴守操守。遇到挫折，我不再像往常那麼堅持，因爲我不再確定堅持的意義何在。我是說……我不會像吳子明那樣，不擇手段地追求一種超越我們本分的東西。但是在知道世界的眞相後，我確實遭受了很大的打擊。」

我凝視著他，皺起眉頭。「你還不知道，是吧？」

他轉頭看我。「知道什麼？」

「你很久沒和陳天雲聯絡了？」我問。

「自從你離開後，陳天雲對我來說就不再是一個眞實的人。」他說，「我幾乎已經跟整個天地戰警斷絕往來。」

我沉吟良久，緩緩搖頭。「天師，失去信心跟徹底沉淪是有差別的。在我告訴你我的來意之前，我必須確定一件事。」

「什麼事？」

「你到底有沒有掏空公司？」

他瞪大眼睛，責備般地瞪視著我。但是我沒有展現絲毫退縮，我必須弄清楚這件事。

「沒有。」他說。

我繼續凝視他。

他壓低目光，神色愧疚。「我曾想過，但是沒有動手。」

「為什麼沒有動手？」

他想了很久，說道，「不知道。或許我一直在等待……有一天，有個人可以出面把我打醒。」

「好……」我點頭說道，「好，不愧是道德天師。」

「什麼不愧？我愧不敢當。」張董說。

「你守住了最後的底線。」我說，「我不能期待更多了。」

張董揚眉，充滿疑惑。「你又知道什麼我不知道的事情了？」

「你已經不在筆世界裡了。」我說，「這裡是眞實世界，深受女神渾沌力量影響的眞實世界。在這個世界裡，大同眞君偏袒護短、道德天師道德淪喪，因為你們都無法抗拒同樣來自筆世界的渾沌力量……」

我將近期的最新發展告訴他，只聽得他目瞪口呆，下巴差點都掉到地上。待我講到陳天雲遠走紐約，奪走莎翁之筆和命運之矛時，張董氣得當場站起身，怒道：「這小畜生！膽大妄爲。我一定要把他抓起來清理門戶！」

「張董不要動怒。」我勸道，「其實大同眞君說得沒錯。陳天雲目前的作爲尚未脫離天地戰警的處世原則。他只是在誅殺魔頭、收藏法寶。問題在於他拿了這些東西是否別有企圖。」

張董摸摸額頭，搖頭問道：「你想要知道新氣象計畫的細節？」

「你不是說你跟天地戰警幾乎斷絕往來了嗎？」我問。

「這麼神祕又詭異的計畫，多少還是會引起我的注意。」張董說。

「我要知道這個計畫有多少人員參與？他們的行動基地何在？莎翁之筆與命運之矛被藏在什麼地方？以及最重要的，這個計畫跟女神究竟有什麼關係？」

「我可以幫你查。」張董點頭說，「但是一定會打草驚蛇。如果想要不動聲色，你知道該去找誰。」

是呀，雙燕。我搖頭：「不用了。我想要引起陳天雲的注意。」

「好。」他說，「你先回去休息吧。我一旦查到，會立刻跟你聯絡。」

我爬出浴池，走向更衣間。

「對了，錢老闆。」張董突然叫住我，「離開前，你可以跟我祕書拿幾張堅挺符回去試試……」

我張開嘴巴，考慮該練習許久沒用過的台灣三字經，還是禮貌性地拒絕。不過在我說出任何回應之前，腦中突然閃過剛剛看到的第四台廣告。我閉上嘴巴，揚起一邊眉毛，嘴角微微上揚。堅挺符這種玩意兒……似乎也算有趣……

ch.3 末班公車

我駕車離開尊爵大飯店，不久便駛上高速公路，朝規劃好的安全屋開去。才剛進入台北，電話又響起，我輕點耳機，接起電話。

「錢老闆，有線索了。」

「張董？效率真高。」我說，「我才剛下飛機，讓我喘口氣行不行？」

「我這兩年迷上一套美國影集，是講一個反恐組織外勤探員在二十四小時內處理恐怖事件的故事。」張董笑道，「我喜歡那種緊湊的步調。」

我搖頭嘆息。「聽說已經完結篇了。」

「主角沒死，說不定會繼續拍。」張董說，「況且就算影集結束，也可以拍電影呀。」

「有道理。談談你的線索吧。」

「今天午夜前，前往陽明山夜遊。經過文化大學後，隨便找個公車站，等待一輛不開頭燈的２６０公車，那是一輛不載人的公車，所以司機會禮貌性地請你不要上車。不必理他，上車就是。」

「傳說中的陽明山末班公車嗎？」

「喔？」張董語帶訝異，「你聽過那個都會傳奇？」

「聽過。」我說，「相傳每天午夜，當所有公車都停駛之後，會有一輛不開頭燈、車門不關、不載乘客，偏偏又每站都停的末班公車駛往山下，專門載好兄弟下山。」

「沒錯，就是這輛車。」

「怎麼？你的聯絡人死了？」

「不是。」

「他是公車司機？」

「也不是。」張董說，「你上那班公車，然後在山腳下跟其他乘客一起下車。下車後你會看到一家便利商店，商店旁有個攤販，老闆姓孟，專賣一碗婆婆湯。好兄弟下山後都會去那邊喝一碗湯，這湯你可別喝。總之你去找孟老闆，就說是道德天師叫你來的，他會跟你彙報新氣象計畫的相關細節。」

「我不能直接到山腳下去找孟老闆嗎？」

「直接去是找不到他的，你一定要坐末班公車去才行。」

「你說跟其他乘客一起下車？」我問，「我看得見其他乘客嗎？」

「沿途公車站旁都種有柳樹，你摘兩片樹葉配合露水開眼就成了。」

「這麼方便？」

「我親手植的。」

我微微沉吟。雖然我曾聽說陽明山末班公車的傳說，但那是當年進入天地戰警世界前研究資料時無意間看到的。根據我的印象，待在天地戰警期間，我並沒有在陽明山上看過這輛末班公車。「這位孟老闆，你認識多久了？」

「半年。」

「嗯？」我皺眉，「那是在你進入眞實世界之後才遇上的？」

「如果你的說法沒錯，應該就是。」張董說，「怎麼樣？不對嗎？」

「末班公車的傳說跟天地戰警的世界應該沒有瓜葛才對？」我邊想邊道。

「所以，或許眞實世界本來就眞的有這種事情？」

「也可能是……」我搖搖頭，「也可能是莎翁之筆的力量已經開始影響眞實世界本身的傳說……」

「這樣的臆測是沒有意義的。」張董說，「無疑是給自己徒增無謂的煩惱。」

「天師教訓得是。」我說。

他輕笑一聲，停了兩秒，說道：「謝謝。」

「謝什麼？」

「讓我回味這種捍衛正義的道德之士的感覺。」

「那是你的本性。」我說，「你只需要推一把就能找回來。」我看看中控台上的電子時鐘。「現在才七點多。」

「是呀，離午夜還有一段時間。」張董說，「找個伴去陽明山看夜景好了，我可以給你雙燕姑娘的電話。」

「不必了。」我立刻說道。

「難得來台灣……」張董勸道。

「見她只是徒增煩惱。」

「你之前說因爲你們不是同一個世界的人，在一起不會有好結果。」張董說，「但是你們現在已經是同一個世界的人了……」

「你爲什麼這麼關心？」

「因爲她很想你，這些年來，她一直鬱鬱寡歡。」

我沉默片刻。「我以爲她會跟陳天雲在一起。」

「她曾經努力移情，但她喜歡的是錢曉書，不是陳天雲。」

我長嘆一聲。「我有伴了。」

「你移情別戀？」張董似乎有點驚訝。

「我跟雙燕已經是過去，不能移情別戀嗎？」我問。

「錢老闆眞是多情種子。」張董說，「年輕人多看看也好……」

「我不跟你說這個了啦！」我惱羞成怒，「總之，雙燕已經知道我回來了。她要是問你，麻煩你裝傻。」

「裝什麼傻啊？」張董道，「現在的雙燕姑娘，已經是天地戰警的情報主管。她如果有心找你，你躲不掉的。」

我心想，難怪機場人員會受雙燕指揮。「好了，你幫了我，這場渾水已經蹚了。自己小心吧，謝謝。」說完，掛斷電話。

我下內湖交流道，依照GPS指示開入某住宅社區的地下停車場，拿保羅爲我準備好的磁卡搭電梯上樓，來到我們的安全屋。我按了門鈴，瑪莉打開大門，隨即跟我緊緊擁抱。

「等你好久了。」她微笑說道。

「去找一個老朋友。」我以微笑回應。

「聽說股東大會發生槍擊事件。」

「小事。」

這是一間標準的台灣現代社區住宅。從電梯出來後，整個樓層就我們一戶人家。三房兩廳，餐廳裡堆滿零食跟便當盒，客廳沒有正常家具，幾乎都被保羅的監控系統佔據。保羅轉動辦公椅，回頭跟我打招呼。

「道德天師那邊有線索嗎？」

「有。」我點頭，「等會兒我帶瑪莉上山夜遊。」

「不帶我去喔？」保羅的語氣似乎有點失望。

「怎麼，你想跟嗎？」

「整天看著電腦螢幕，很悶啊。」

我轉向瑪莉，她笑著點頭。「我們來三天了，都沒有熟門熟路的人帶我們出去走走。」

我大笑。「保羅不是有朋友嗎？」

保羅說：「你都不知道美語補習班的老師有多忙，接課跟搶錢一樣。人家幫我們安頓好之後，就不見了。」

「那就準備準備，一起走吧。」我說，「吃過了嗎？如果沒有，我先帶你們去士林夜市吃小吃。」

「太棒了！」瑪莉一把將我抱住，「可是要怎麼去？聽說那裡人多，很難停車。可是這邊的捷運好像很常出問題。啊！我要吃超大雞排！還要吃士林香腸！聽說還有什麼馬桶冰淇淋……」

我瞄向保羅，保羅聳聳肩：「她沒事幹，整天就是上網找旅遊資訊。」

我笑嘻嘻地看著瑪莉，心裡浮現一股寧靜感。在這種世界存亡之秋，也只有瑪莉還能擔心車很難停這種事。不過她這樣的表現反而讓我有種依然生存在正常世界裡的感覺。我喜歡這種感覺。

十分鐘後，兩父女整裝完畢，我們關燈出門。瑪莉皺眉看著我的側背袋，問道：「去玩你帶外勤袋做什麼？」我回答：「晚一點還有事，你們要自己開車回來。」她不高興。「你就不能一整個晚上清閒清閒嗎？」我笑：「會有機會的。」

我們去士林飽餐一頓（其實是好幾頓），然後開車上山夜遊。過了第二停車場，我們來到一個看夜景的觀景台。當天不是假日，這個地點大部分都是騎摩托車的學生出沒，所以我

們不必把車停太遠。我們在附近商家買了一袋啤酒，又烤了幾根香腸，然後走到觀景台上席地而坐。看著台北市不甚美麗的美景、光害嚴重到看不出任何星座的夜空、左邊兩對默默浪漫的年輕情侶，以及右邊一群大聲喧譁的莘莘學子。

「偷閒。」瑪莉說，「享受人生。」她嘆出歡愉的氣息，輕輕靠上我的肩。「我以前的生活好呆板、好沉悶，難怪會差點把我變成……變態殺人魔。」

「生活就是這個樣子囉。」我說。

她微微抬頭。「我說變態殺人魔耶。」

我輕笑。「每個人的生活中總會有幾個想殺的人，差別就在於妳是否當眞動手去殺。」

「眞是浪漫的對白。」她說。

「瑪莉，」坐在另一邊的保羅喝口啤酒後說道，「我一直想問妳。妳父親以前對妳好不好。」

「印象很模糊。」瑪莉說，「我們一直都不是很親。上大學後，我只有節日才會回家。一起相處了三十幾年，反而沒有我跟你這幾天來得交心。」

我說：「父母跟孩子都是這個樣子。孩子有自己的人生，父母不可能一直把孩子放在身邊。」

「說得好像你很懂。」瑪莉搖頭，「你這個完全不記得父母的人。」

「我故事看得多，這種話我也很會講。」我說。

「那妳的母親呢？」保羅問。

「更不親。有時我覺得她在刻意疏離我……」她說到這裡，突然坐正，看向保羅。「你難道認爲……她眞的是我母親？」她緩緩說道，「摩根．拉菲？」

「不知道。」保羅搖頭，「或許有時候是。」

「小時候她對我比較關懷。」瑪莉說，「自從發生隕石撞學校的事件後，她看我的眼神就變了。或許她認爲我與眾不同，或許基於某個特別原因，她認爲我必須爲學校師生的死亡負責。那時候，我隱約有這樣的感覺，但我不了解這種感覺從何而來。畢竟，有誰會把隕石撞學校這種事怪到一個學生的運氣頭上？就連我當年也不覺得自己有那麼特別。」

「或許妳母親知道一些不爲人知的內情。」保羅說，「也有可能……」

「你期待她眞是我母親嗎？」瑪莉問，「期待她眞的是……你的舊情人嗎？」

保羅一言不發，喝啤酒，吃香腸，過了一會兒才開口說話。「如果我這麼期待，我想我是想要聽妳說說她身爲人母時的模樣。我想要知道她以凡人母親的身分過活時，會是什麼樣子。我想要知道她……她是不是也曾有過平凡的幸福，是否有能力享受天倫之樂。」

「你想念她。」瑪莉說。

保羅點頭。「我想念她。」

瑪莉凝視他片刻，問道：「你跟她在一起時快樂嗎？」

「漫長人生中最快樂的一段時光。」

「比跟隨先知的時候更加快樂？」

「宗教帶來的寧靜與世俗生活中的樂趣……」他想了想。「我不認爲應該分出高低。」

「分開的時候，痛苦嗎？」瑪莉又問。

「漫長人生中最痛苦的一個決定。」

瑪莉點點頭，伸手輕握他的手掌。「那我相信她也曾經經歷過跟你同等的快樂與痛苦。至少……我印象中的母親，神情中總是帶有一點落寞遺憾的感覺。」

保羅拍拍她的手臂，搖頭問道：「但妳不想念她？」

瑪莉輕嘆一聲。「說眞的，不管是我母親還是摩根．拉菲，她們都不能算是好媽媽。」

保羅摟起她的肩膀。「希望我以後有機會當個好父親。」

「吃你的香腸吧。」瑪莉噗哧一笑，「不要說這麼肉麻的話。」

我們坐在木板地上，享受啤酒與香腸、享受閒聊與歡笑，享受正常生活的寧靜適意，就像一對普通情侶外加一個好朋友兼岳父。這是打從他們父女相認以來，我們第一次這麼做。

良久過後，香腸吃完了，啤酒喝光了，時近午夜，看夜景的人潮也逐漸散了。我正想起來宣布今天散場，保羅突然提起一件大家都一直忍住不提的事。

「妳知道……事情再這樣發展下去，我們終究必須面對妳的母親。」他停一停，繼續說道，「而且幾乎可以確定是站在對立的立場。」

瑪莉沉默片刻，點點頭。「那也算是一家團圓。」

保羅繼續問道：「到時候……我們該怎麼做？」

瑪莉聳肩，沒有答話。

我沒有提起之前所想的那些一般故事裡會出現什麼情況。我沒有說什麼開啟大門的關鍵人物，通常也會是關閉大門的關鍵人物，或是這種父女同仇敵愾的劇情，通常都會上演父親犧牲的戲碼之類不中聽的言語。我沒有說親子三人一家團聚幾乎是不可能發生的結局。我忘掉所有曾經看過的故事，忘掉所有不管灑不灑狗血，還是夠不夠商業的劇情。我必須相信我們現在處於現實中，而現實是個什麼都有可能發生的地方。

但是儘管我沒說，從他們兩個的表情看來，他們的心裡也同樣在盤算我所想到的那些可能性。

「夜深了，你們先回去吧。」我說。

□

我送他們上車，看著他們離開，然後走回公車站牌。我四下尋找，終於在讓我差點摔下山坡的地方找到一棵柳樹。我拔下一片葉子，捻來兩滴露水，口中唸唸有詞，將柳葉覆蓋在眼上輕輕搓揉。取下柳葉後，眼前的景象變得清晰異常，彷彿螢幕解析度突然提高，還加開反鋸齒功能……天呀，我太常跟保羅還有愛蓮娜混在一起了。我需要一些新朋友。

原本空無一人的公車站旁，如今多了一名黃種男子與一名白種女子。我拋開手中的柳葉，葉片落地同時，他們倆一起轉過頭來看我。我微微一笑，若無其事地走到他們身旁，將雙手放進口袋，靜靜等待末班公車。

與兩名鬼魂一起等公車並不是什麼愉快的經驗。我們三個一言不發地站在原地，就這麼一直站著。如果他們兩個是人，我這時應該已經開始跟他們閒聊起來。最起碼，我應該已經和那名白種女子閒聊。我偷偷瞄了她一眼，發現她相貌美麗、超然脫俗，擁有一種可以輕易吸引男性目光，卻不會激發慾念的美感。我不禁好奇，像她這樣的女人，到底在這裡經歷了什麼樣的遭遇，爲什麼會淪落到客死異鄉的結局？我很想問，但是不知道該如何開口。我沒有在現實生活裡與鬼魂打交道的經驗，既然他們都不說話，說不定他們根本就不喜歡說話。

突然左邊「啪」地一聲，我與白種女鬼一起轉頭看，只見黃種男鬼一手壓在自己脖子上，緩緩轉過頭來，有點不好意思地放下手掌，聳肩道：「山上蚊子多，忍不住動手。」

我跟女鬼又轉回頭來，我邊轉邊點頭，一邊附和道：「是呀，山下蚊子也不少。」

我們繼續無言等待。約莫過了五分鐘，遠方終於傳來公車的聲音。這輛公車不只沒開頭燈，還給人一種到了離站牌很近才突然出現的感覺，看來八字重的人應該根本看不見它。這倒解釋了爲什麼看見這輛公車的人始終是朋友的朋友，很少有親眼見過的人。公車在站牌前停下，我仔細打量，確定它是實際存在的公車，看來應該貼了類似隱身符之類的東西。男鬼、女鬼先後上車。我的腳才剛踏上車門階梯，司機先生已對我搖手。

「先生，我們不載客。」

我探頭看看車內，說道：「怎麼不載客？剛剛不就上去兩名乘客？」

司機兩眼圓睜，臉色微微發白，目光瞄向後照鏡，顯然他看不見已上車的乘客。「先生，這是公司政策……」

「通融一下吧。」我說著，不再理他，自顧自地上了車。車廂裡零零落落地坐了將近十名乘客，還有不少空位。我看到剛剛上車的一男一女走到後方，分別坐在兩張雙人座位上。我考慮著要不要走過去跟女鬼坐，不過轉念想想，這個想法太沒道理了，於是我在車門旁邊的位子上坐了下來。司機先生似乎因爲我剛剛的話而受到驚嚇，我認爲我有責任坐在他附近，就當是讓他有個伴也好。

司機眼看勸不動我，只好無奈開車。我看了一會兒窗外夜景，黑壓壓的，沒什麼好看，眼見司機神色緊張，我決定跟他閒聊幾句。

「你不常開這班車？」我問。

司機愣了愣，確定我在跟他說話，然後說道：「第三次輪值。我是……新手。」

「會害怕嗎？」

司機欲言又止，最後小聲說道：「老鳥有交代，最好不要露出害怕的模樣。」

「我認爲最能令人恐懼的，就是一種未知的感覺。」我說，「我可以教你用柳葉開眼，這樣你就可以看見你的乘客。」

司機的腦袋搖得跟波浪鼓似地。「我只是開輛空車下山，其他的一切都不關我的事。」

我改變話題。「不常有生人上車嗎？」

「我第一次遇到。」司機搖頭，「老鳥有交代，看得見這輛公車的人，基本上就看得見車上的乘客，而正常人看到那些乘客，是不會想要上車的。」

「很有道理。」

我們開開走走，每站都停。車上乘客逐漸變多，不過個個都像這幾年香港電影裡的警察或黑社會一樣面無表情，好像一輩子都在百般無奈的情況下做著他們不想做的事。幸好我不去理會他們，他們也不來招惹我。我就這麼跟司機有一搭沒一搭地閒聊，持續朝山下前進。

車子彎過一個彎道，我跟司機同聲驚呼。司機緊急煞車，我身體前傾，撞上鋼管，差點跌了出去。車上其他乘客倒是沒有受到任何影響。公車完全停下之後，我自座位上站起，跟司機一起打量車前的景象：一輛機車躺在地上，龍頭全毀，車體變形，零件散落一地。不遠處的地上有兩道清晰可見的煞車痕，顯然事故現場還出現過一輛四輪汽車，不過此刻已不知所蹤。

再過去將近二十公尺的地上，躺著一名頭戴安全帽的女機車騎士，遍體鱗傷，一動也不動地癱在地上。

我立刻跳下公車。司機多愣了一秒，接著也跟在我的身後衝下來。我跑到機車騎士身旁蹲下，伸手測量她的呼吸脈搏。氣若游絲。

「我打電話報警。」司機在我身後叫道。

「情況危急。」我說，「我們應該載她下山。」

「載她下山？」司機語氣遲疑，「不好吧？這是肇事逃逸的事故現場，我們應該等警方人員趕到處理。」

「人命關天，不能拖延。」我轉頭瞪他，「過來幫我抬她上車。」

司機連忙跑到女子腳邊，一邊蹲下，一邊抬頭看向自己的公車，大力吞嚥口水，聲音微微顫抖。「老……老鳥有交代，末班公車在路上不管遇到什麼事都不能耽擱，不然會觸怒乘客……」

我回頭一看，只見不少乘客已經站在擋風玻璃前方圍觀。我不知道耽誤好兄弟的行程會不會觸怒他們，我只知道如果耽誤眼前這位小姐送醫，她遲早會成爲這輛公車的乘客。這時我兩手一緊，手中的女子突然開始劇烈顫抖，司機也同時開始尖叫。我和他齊心合力將女子壓在地上，一時之間什麼也不能做。片刻過後，女子停止顫抖，兩腳一伸，彷彿全身力氣突然離體而去，胸口也不再起伏，癱軟在我懷裡。

「快報警。」

我放下女子，讓她平躺在地，拉開頸部扣環，取下安全帽，解開頸部鈕釦，暢通呼吸氣道，接著雙掌交疊，壓上對方胸腔下緣，開始心肺復甦術。我忙了半天，沒有反應，心中正自著急，突然眼前一花，竟然發現自己的雙手沉入對方的胸口。我嚇了一跳，挺直上身，定睛一看，才發現並非我的手掌沉入對方胸口，而是對方的身體出現疊影，一個跟女子長相一模一樣的身影開始緩緩飄離自己的軀體。

「狗屎！」我咒罵一聲，繼續進行心肺復甦術。「不要死，撐下去。」我邊壓邊道，「妳還年輕，好多事情等著妳做。不要放棄。」

飄出來的身影睜開雙眼，愣愣地看著我，神色十分茫然。我不知道是因爲持續施展心肺復甦術，還是我的話激勵了她，總之，她一時之間還是半沉半浮於自己的身軀之間，沒有出現更進一步的死亡徵兆。

接著，我的眼前出現一雙女人的腳。我抬起頭來，看見剛剛一起等車的白種女鬼站在女子身軀的另一側。她神色慈愛地看向女子，接著目光轉移到我身上。她緩緩地跪在女子身旁，伸手輕握我的右臂。我不知道她是要我停止無謂的急救，還是放手交給她去做；我只知道她的手好溫暖、好舒服，即使從來沒有跟鬼魂接觸，我也可以肯定她不是鬼。我順著她的力道，將雙手從女子的胸口鬆脫。白種女子輕撫傷者魂魄的額頭，似乎爲對方帶來無盡的安撫力量。傷者神情安詳，閉上雙眼，順著白種女子的掌心下沉，再度回歸到自己的身軀之中。白種女子的掌心接觸到傷者肉身的額頭，隨即隱隱發光，綻放出一股我感覺得出是屬於

醫療的力量。傷者全身大震，在一聲氣音中恢復呼吸，蒼白的臉蛋也開始浮現血色。

當白種女子放開手掌時，傷者的所有傷口都已停止出血，眼睛也開始緩緩張開。白種女子輕輕對我一笑，隨即起身朝公車走去。我正要跟上，突然感到掌心一熱，原來是被傷者伸手握住。

「謝謝你……」她說，「救了我。」

「不是我救妳的。」我搖頭說道，接著將她的手掌放回她身上。「妳太虛弱，好好休息，不要講話。」

我將她抱起，走到路邊，讓她挨著一塊石頭休息。司機目瞪口呆地看我走過，等我忙完之後，才愣愣地說道：「那個……警方跟救護車很快就會來。我們……要等他們來嗎？」

我比向傷者。「就等一下吧？當事人沒事，不會耽擱我們太久。」

「那個……」司機遲疑片刻，問道，「怎麼會……當事人怎麼會沒事呢？你……你到底是什麼人？」

「她不是我救的。」我說著，轉向公車，白種女子已經坐回她原來的位子上，靜靜等待開車，似乎已經對車外的事漠不關心。我摸摸後腦，詢問司機：「我想請問一下，你們台灣人的民間傳說裡面，鬼魂具有醫療能力嗎？」

司機張開嘴巴，卻不說話，似乎不知道該怎麼回答。最後他聳了聳肩，說道：「台灣的民間傳說已經到了亂七八糟的地步。這年頭教人民間傳說的，簡直只剩下電視裡面的類戲劇節目，問題是那種節目的可信度有多高？」

「不太高。」我說。其實我也只是隨口問問，並沒有眞的期待能夠獲得什麼答案。

幾分鐘過後，警方跟救護車雙雙趕到。由於傷者證明我們不是肇事車輛，所以警方只是向司機詢問了幾句，就讓我們離去。離開前，傷者向我索取姓名電話，不過我沒給她。女傷者跟男性救命恩人之間，有可能衍生出各式各樣的美妙故事，但是一來我受之有愧，二來不想惹是生非，所以只是笑了笑，請她自己保重，然後上車離開。

繼續開了一段時間，司機突然問道：「怎麼會連警方他們都看得到這末班公車？」

我取出在警方抵達之前，從公車後照鏡上撕下的符咒，舔了點口水，又把它黏回原處。

「因爲我考慮周到。」

司機神色困惑。「所以人們看不見末班公車，是因爲那張符咒？」

「你不知道嗎？」

「我哪知道啊？」

我正在考慮要不要到後面去跟白種女子坐在一起時，司機已經說道：「到山腳了，各位

乘客請下車。」

公車在山腳下的公車站前停車，車上乘客紛紛下車。我本來想等白種女子路過我身旁時跟她打招呼，但是她從後門下車。我跟司機打聲招呼，隨即下車，只見白種女子已經跟其他乘客一起過馬路，朝對面的便利商店走去。我看見便利商店旁有個傳統麵攤，隨即想起張董的吩咐，知道那個麵攤老闆就是我要找的聯絡人。白種女子沒有坐下來喝湯，反而脫離隊伍，走入便利商店。我考慮片刻，決定先辦正事，於是注意左右來車，迅速穿越馬路。（其他乘客過馬路不需要注意左右來車。）

我走到麵攤旁，站在老闆身前。老闆忙著爲乘客端湯，彷彿當我不存在。過了一會兒，他發現我一直站在旁邊看他，才了解我是一個看得見麵攤的活人。他堆滿笑臉，向我迎上。

「先生，喝湯嗎？」

「不是。」我立刻說道，「是道德天師介紹我來的。」

「喔，我知道，錢先生是嗎？」老闆說著，拿塊抹布擦拭旁邊的一張桌面。「請坐，喝湯嗎？」

「不用了。」我說著，在一張椅子上坐了下來。「天師說你有消息要告訴我？」

老闆端出一大碗湯，放在我面前。「請用。」

我低頭看湯。清湯，看不出任何用料，但是熱騰騰、香噴噴，令人忍不住有種想要嚐上一口的衝動。我努力抬起頭來，指向清湯說道：「天師囑咐我，不要喝你的湯。」

「喔，是嗎？」老闆笑呵呵地說，「既然天師囑咐，那就別喝了吧。」說是這麼說，他卻沒把湯端走，就這麼繼續擺在我的面前。老闆自麵攤旁的小冰箱裡端出兩瓶啤酒，又拿了兩個杯子，在我旁邊的位子坐下。「不喝湯，那喝啤酒吧？」

我無所謂地聳聳肩，趁他開瓶倒酒時打量四周。乘客們喝完湯，各自散去。剛剛還熱熱鬧鬧的麵攤，轉眼間變得冷冷清清，煮湯大鍋不再冒煙，就連溫暖的黃色燈光都變得昏暗。

「相逢自是有緣。乾一杯吧！」

我們各乾一杯，他又再次倒酒。這個地方令我渾身不自在，所以我不想在這裡耗太久。我開口說道：「孟老闆，可不可以談談正事？」

老闆嘆了口氣，自腰間圍裙口袋裡取出一個牛皮紙袋，放在桌上，推到我的面前。「我一天就只做這麼一輪生意，而且客人全都沉默寡言。難得有像你這樣的生人上門，隨便聊聊，不是挺好的嗎？」

我打開牛皮紙袋，翻開裡面的檔案夾，標題是新氣象計畫，第一頁就有主事者陳天雲的照片。我一邊翻閱，一邊問道：「這資料極機密。世界上最厲害的駭客都挖不出來，孟老闆打哪兒來的？」

「從死人口中挖出來的。」孟老闆說。

我停止動作，揚眉詢問。

「道德天師其實老早就留意到這個計畫。」孟老闆邊喝酒邊說道，「他囑咐我，如果看到末班公車上有天地戰警的乘客下車，就跟他們套套這個計畫的細節。」

我皺起眉頭。「最近常常有天地戰警的探員坐末班公車下山嗎？」

「最近世道很亂。」孟老闆說，「堪稱群魔亂舞，各式各樣平常見不到的妖魔鬼怪全部都見到了。偏偏陳天雲神祕兮兮，跑去弄這個新氣象計畫，導致天地戰警群龍無首，折損了很多人馬。」

我繼續翻閱，在檔案的其中一頁發現了新氣象計畫的辦公地址，位於信義區的辦公大樓裡。好了，其他的東西可以慢慢看，只要有地址，此行的目的就算達成。我將檔案夾收回牛皮紙袋，放進外勤袋，問道：「所以你向天地戰警的往生者詢問一個極機密的計畫，而他們就乖乖地告訴你了？」

孟老闆微笑點頭，目光落在我面前的清湯上。

我看看湯，再度克制住想要喝湯的衝動，問道：「可以請問這碗是什麼湯嗎？」

「你聽過孟婆湯吧？」老闆問。

「聽過。」我說，「那是投胎前喝的，不是嗎？忘掉前世的一切，重新開始？」

「這碗的效果相反。」老闆說，「它讓人想起生前的一切，善舉罪孽，無所遁形，是專門給死後審判參考用的。」

我愣了愣，消化他的說法。「所以只要喝了你這碗湯，所有的祕密，你都會知道？」

「對。」他說，「我白天的工作就是彙整這些雜七雜八的事，然後完全呈報上去……呃……呈報下去。」

我緩緩點頭，接著問道：「那我又還沒死，爲什麼一直想叫我喝呢？」

「探人隱私是我個人的興趣。」孟老闆道，「沒有這種興趣，做得下這種工作嗎？」

「說得也是。」我轉移話題，「剛剛說起群魔亂舞……今晚坐末班公車下來的還有一名白種女子，你有看到嗎？」

「進便利商店那一位嗎？有。」孟老闆說。

「以前見過嗎？」

「三天前開始，每天晚上都坐末班公車下來。」

「知道她是什麼身分嗎？」

「不清楚。」孟老闆說，「我確定她不是鬼也不是人。」

我沉思片刻，又問：「她喝過你的湯嗎？」

「有。」

我有點訝異：「然後呢？」

「跟沒喝一樣。」孟老闆說，「所以我確定她不是鬼也不是人。這三天來，她每天都會搭末班公車下來，去便利商店裡買一杯咖啡，然後坐在外面的椅子上，一副像是在等人的模樣。我認爲她是在等你。」

我揚起眉毛。「爲什麼這麼說？」

「因爲她現在就坐在那裡一直盯著你看。」

我轉身回頭看向便利商店。只見白種女子手持咖啡，坐在店門口的椅子上，見我在看，隨即揮手招呼。我本能地也向她揮揮手，表情應該有點愚蠢。此刻的她，給人一種實在的感覺，神采也更加亮眼，顯然不須柳葉加持就可以看見肉身。我笑了笑，轉頭面對孟老闆。

「孟老闆，非常感謝你的幫助。」我說，「有人在等我，我就先走了。」

我跟他同時起身。孟老闆笑嘻嘻地說：「正所謂牡丹花下死，做鬼也風流。錢先生明知山有虎，偏向虎山行，這種勇氣我很佩服。希望我在短期之內不會再見到你，不然到時候，我怕你沒辦法抗拒喝下我的湯啊。」

□

我刻意理理衣衫，面帶誠摯的笑容，朝女子走去。當我走到麵攤與便利商店中間時，四周突然襲來一股壓力，彷彿空氣的密度變大，化作一灘果凍。我皺起眉頭，跨出果凍，隨即迎面撲來一陣清風。我回頭看看身後，麵攤已不知所蹤。

我來到女子面前，對她點頭微笑：「妳好。」

「你好。」她回答，笑容燦爛陽光，令人情不自禁產生好感。

「妳在等人嗎？」

「嗯。」她點頭，隨即拿起放在椅子旁邊的第二杯咖啡。「咖啡？」

我揚眉。「這應該是幫妳在等的人準備的吧？」

「是。」她說，然後把咖啡朝我的方向抬了抬。我伸手接過咖啡。她向長椅的一邊移動，騰出一點位置給我。我坐了下來。

我側頭看她。「妳知道我是誰？」

「知道。」

「我是誰？」

她微笑：「你是救世主。」

我大愣，眨眨眼，說道：「啊？」

「天命之人。」她點頭。

「像是……彌賽亞？」我問。

「或許吧，不過應該不太一樣。原諒我對基督教或猶太教不是那麼熟悉。」她說，「你本來是個任何世間力量都無法忽視的實體，但你卻放棄了本身的力量，自願為人。當然，你也不是普通人就是了。」

「妳確定沒有認錯人？」

「應該沒有。」女子苦笑，「不過如今世界渾沌當道，許多事都不像以往那麼確定了。」

「我個人是一直朝拯救世界這方向努力的。」我說，「但若要說我是什麼救世主……」

「你不是唯一的救世主。」女子說，「如果你失敗了，世界還有其他選擇。」

我皺眉：「這種說法還眞是方便。」

「可不是嗎？」

我們相視一笑，一起喝了一口咖啡。

「爲什麼會來這裡等我？」我問，「我直到幾個小時前才知道自己要來這裡。而我聽說妳已經來這裡等我三天了。三天前我甚至還在美國。」

「因爲我知道你要查陳天雲就一定會來找麵攤老闆。」她說，「所以我來這裡等你。」

「妳找我有什麼事嗎？」

她側頭看向我的外勤袋，接著目光上移到我臉上。「我想要認識你，同時我也想要看看麵攤老闆給你的資料。」

「妳也在調查新氣象計畫？」

她點頭。

我拉開拉鍊，取出外勤袋中的牛皮紙袋，遞到她面前。

女子並沒有接下，只是凝視著我。「你就這樣給我看？」

「妳不是要看嗎？」

「但是你連我是誰都不知道，就把這辛苦查到的資料交給我？」

「也沒那麼辛苦啦。」我說，「這世界是這樣的。防人之心是不可無，但該信任時也沒必要太多懷疑。信任這種事是很主觀的，而我覺得我可以信任妳。」

「這麼輕信於人？」

「是呀。」我說著，將紙袋直接擺在她的腿上。「不過妳說的也有道理。既然妳連我是救世主這麼祕密的事都知道了，那我應該也可以請教妳的身分？」

「很公平。」她邊說邊打開紙袋，「我是一名女神。」

「女神？」我大驚失色。

她噗哧一笑。「不是你想的那名女神。」

我愣了愣，靜心思考。「妳……是世間諸神之一？」

「是。」她取出檔案，開始閱讀。我突然覺得給她看這份文件，似乎並非明智之舉，但是剛剛講得那麼瀟灑，現在又怎能反悔？

「妳是如何離開筆世界的？」

「我從來沒有進入過筆世界。」她輕快地說道，「聖約翰告訴你的事都是摩根·拉菲告訴他的。但是聖約翰不知道摩根·拉菲並沒有對他全盤托出，又或許他其實知道，但是被愛沖昏頭，所以不願意承認。」她將目光自文件上轉移到我的臉上，神情稍微變得嚴肅。「其實摩根·拉菲並沒有取得所有古老諸神的共識。你也知道，世界並非只能分成黑白，並不是所有神都不服輸，並不是所有神都想要永遠高高在上。事實上，如今世上的唯一真神，上帝耶和華，祂所提供的也不是一個至高無上的權威。不過我必須承認，摩根．拉菲所代表的畢竟還是古老諸神的主流意識。」

「還有第三方勢力？」我問。

「不是什麼關鍵勢力。」女子說，「大部分都是一些名不見經傳的小神，遊走人間的閒雲野鶴。不是既得利益者，比較容易放下利益。我們認爲，既然耶和華已經勝出，那就把世界交給耶和華吧。畢竟這個宇宙就是這樣運作的呀。就算我們是神，就算我們曾經參與制定規則的過程，就算我們各有一套創造人類的說法，但畢竟宇宙已經演化到這個地步。要是世事一旦不合我們的意思，就要把一切推翻重來，那跟下棋輸了就翻桌耍賴有什麼差別？」

「很高興聽到有神這麼說。」我說。

「嗯。」她笑了笑，繼續說道，「我們雖然沒有加入摩根．拉菲，卻也不打算與其對抗。畢竟世界已經脫離我們的掌控，我們也沒有必要繼續惹是生非。當年我們就跟摩根．拉菲談好，諸神與耶和華，我們兩不相助。」

「既然兩不相助，妳又來找我做什麼？」我問。

「在這裡。」女子抽出一張文件，指著上面一段文字說道：「『計畫主旨：獵捕世界神祇，掃蕩過往亂源。』我果然沒有猜錯，這件事是天地戰警在幕後主使的。」

「獵捕世界神祇？」我問。接過她遞過來的文件，一邊看一邊取出手機照相，直接上傳給愛蓮娜。

「半年前，陸續有我們的神祇開始失聯。」女子繼續說道，「本來我們也沒有那麼常聯絡，但是當時剛好摩根．拉菲在筆世界裡取得重大突破，所以我起心關注眾神動向。一查下去，發現失聯的神祇越來越多，絕對不可能只是巧合。本來事情不犯到我們身上，我們也就置身事外。但是如今對方既然惹上門來，我們也不能坐以待斃。我開始調查與莎翁之筆相關的事件，最後查到天地戰警身上，也查到了你身上。」

「陳天雲在幫女神做事。」我說。

「所以獵捕諸神是受摩根．拉菲指使？」她問。

我本想說是，但話到嘴邊又吞了回去。陳天雲顯然有所圖謀，但是他在殺死基督大敵時所說的言語，儼然又以正義之師自居。我說不上是什麼感覺，總之覺得有點不太對勁。「我不知道。他殺死基督大敵、奪走命運之矛，此事到底有何意圖，我看不出來。另外，他手中還握有莎翁之筆。根據路西法的說法，莎翁之筆就是女神回歸眞實世界的關鍵。我幾乎可以確定他想要解放女神，只是不知道爲什麼還沒動手？」

「路西法？」女子揚眉。

「見過一面。」我說。

「你的社交圈很廣呀。」女子說，「關於莎翁之筆，似乎這兩天才落到陳天雲手上。」

「喔？」我問，「莎翁之筆自上任主人手中失竊至今，已超過半個月。陳天雲照理說應該早已到手了。」

「運送過程中有人跟他糾纏。」女子說，「你聽說過約翰．歐德這個人吧？」

「見過一面。」我說。

「他也是救世主的人選之一。」

「我並不意外。」我說，「妳說他出面阻擾，但陳天雲畢竟還是把筆給奪了回來？」

「是。」

「約翰．歐德人在哪裡？」我問。

「不知道。他行事比你低調，動向莫測高深。在我看來，他比陳天雲還要難以看透。」

她持續翻閱文件，我就一直接過她翻完的文件，照相上傳。

「這雖然已是機密資料，但依然是官樣文章，基本上是做給他底下員工看的，看不出陳天雲的真實意圖。」她將最後一張文件交給我，等我拍完照後，又把紙袋整個給我。「但是知道他在獵捕諸神，對我來說就已經足夠了。」

「妳打算怎麼做？」我問。

「我打算交給你去做。」她笑著回答。

「我？」我皺眉，「爲什麼？」

「因爲你是救世主呀。」

我輕嘆一聲。「這個理由還眞是方便。」

「聽我說，」她收起笑容，「摩根．拉菲要獵捕我們其實沒有什麼道理可言。雖然我們不是什麼關鍵勢力，但若眞要跟她搗蛋，也不能說無關痛癢。我不認爲她會爲了擔心我們作亂而主動來找我們麻煩，而除了這個理由之外，我想不出還有其他對付我們的理由。」

我揚眉。「妳認爲獵捕你們是陳天雲的意思？」

「我不排除這個可能性。」女子說，「你認爲陳天雲眞的是爲了掃蕩過往亂源而獵捕世界神祇嗎？」

「不知道。」我攤手搖頭，「我認爲他有點自恃正義到了心態扭曲的地步。如果說他有足夠的理由將你們這些依然存在世間的神祇視爲世界毒瘤，他或許有可能這麼幹。但在如今這個節骨眼上，此事如果與女神回歸無關，那就應該沒有這麼急迫才對。」

「我也這麼認爲。」女子說，「我認爲他獵捕神祇另有目的，不會是想把祂們除掉那麼簡單。我認爲神祇都是被他囚禁起來。我希望你幫我找出祂們，解救祂們。」

我將所有文件塞回紙袋，放回外勤袋，接著轉頭凝視她。「妳爲什麼不自己救？」我問，「妳氣勢非凡，絕非無名之神。陳天雲未必是妳的對手。我是陳天雲的手下敗將，妳親自出手不是保險一點嗎？」

「我當然有我的理由。」她再度微笑，「比方說，我不清楚此事與摩根・拉菲有無牽扯，但我們可以肯定陳天雲在幫她。一旦我去動了陳天雲，不管事情與摩根・拉菲是否有關，都會被她視爲我們打破當年約定的挑釁行爲。」

我忍不住訝異。「到這個時候，妳還想置身事外？」

她看著我，露出愛憐的神情，彷彿看著一個不懂事的小孩。「置身事外是必要關鍵，置身事外是一切的重點。孩子，再怎麼說，我也是個睿智女神，當我說出這種似是而非、模稜兩可的言語時，你一定要相信背後隱藏著無比的智慧。」

我張口結舌，無言以對。數秒後，我嘆氣說道：「我都忘了跟你們這些高深莫測的諸神講話是什麼感覺了。」

女子微笑，不予置評。

「好吧，那妳說要認識我，這就算認識了嗎？」

「還沒有。」女子說著，打開放在椅子另一邊的包包，取出一支筆以及一塊寫字板。「我要問你幾個問題，請你不要多想，用最直覺的答案回答。」

「心理測驗？」我問。

「很準喔。」她回答。

我聳了聳肩。「那就來吧。」

「好，第一題。」她說著，拿筆在寫字板上的問卷比劃。「請問，你認爲影響你這一生最大的是父親還是母親？」

「我都沒見過。」我說。

「你不會認爲沒見過他們，他們就不會影響到你吧？」

「呃……」我想了想，「天父」一詞突然進入我的腦海。「那就父親吧。」

「戀父情結……」她喃喃自語，在問卷上塡寫答案。「請問，你喜歡哪一樣東西，木棒，還是木棒的套子？」

「啊？」我皺起眉頭，「我覺得妳的問題有點……怪怪的。」

「只是直接了點。」她說。「棒子還是套子？」

「棒……棒子？」我說。

「陽具崇拜……」她唸唸有詞，繼續記錄。「請問，你是否經歷過任何童年創傷，導致長大成人後需要扮演英雄，以彌補內心的缺憾？」

「我不記得童年。」我說。

「你連童年都不見了，還敢說沒有經歷過創傷？」她問。

「抗議！誘導式提問！」我舉手道。

「誘導你就誘導你了，難道這裡是法庭嗎？」她的語氣毫無所謂，「記住你是在跟神打交道，最好不要執著於凡間的規矩。」

「是是是……」我點頭，「那就算有創傷吧？」

「童年心理受創，人格發展扭曲……」她邊說邊在寫字板上標記。

「我說妳這些問題的結論會不會都太……」

「喔，你不必擔心，那只是我個人喜歡把心裡的潛台詞大聲唸出來，跟這個測驗一點關係都沒有。」她笑著說，「再來，當夢神莫菲斯讓你選擇藍藥丸還是紅藥丸的時候，你會選哪一顆？」

「對不起，電影有點忘了。」我舉手發問，「請問能夠離開兔子洞的是哪一顆藥丸？」

「很有趣。」她沒有回答我，反而開始在問卷上註解：「喜歡用問題回答問題，用幽默

掩飾不安。這應該也是童年創傷所造成的後遺症。」

「我沒有童年。」我有點大聲地說道。

「沒有童年並不是我的問題。」她凝望著我，似乎在教訓小孩。「我覺得你有把自己的問題怪罪於他人的傾向，特別是喜歡怪罪於女人，這可能是因爲你的母親比你父親更少出現在你心中的緣故。」

我將身體後傾，拉開距離，目瞪口呆地看著她。過了幾秒，我說：「我眞的有這種傾向嗎？」

「有，每個人都有，差別只在於程度多寡，以及願不願意對自己承認。」

我長嘆一聲，垂頭喪氣。「既然妳都這麼說了……」

「你的意思是說因爲我是神，所以我說了就算嗎？」

我瞪了她一眼，搖頭：「不是，我是說妳說了算，但跟妳是不是神一點關係都沒有。」

「有點參與感嘛。」

「怎麼參與呀？」我問，「都是妳在說。」

「這是我的問卷呀。」

「妳……」我無言以對，決定繼續認命。「妳還有問題就問吧。」

「最後一個問題。」她說，「你比較想當哪一個，神還是人？」

「人。」我說。

她凝望我，笑而不語。

「怎麼？」我問，「這下子沒有潛台詞了嗎？」

她搖頭。

「有什麼好笑？」

她又笑了一會，這才說道：「你有沒有發現這是你唯一斬釘截鐵、正面回答的問題？」

「就算是，那又怎樣？」我問。

「那很好啊，」她說，「那表示你立場堅定。」

「如果妳可以選擇，妳要當神還是當人？」我問。不過，並不是因爲這個問題有什麼重大的意義，純粹是因爲我有一股反問的衝動。

「當神啊。」她想也不想地回答。

「當神有什麼好？」

「挺好的。」她笑著看我，神色眞摯。「當神挺好的。」

我跟她對看片刻，忍不住跟著她笑。「好吧，我問了一個蠢問題。」我搖搖頭。「當神

挺好的，哈。」

我拍拍外勤袋，站起身來。「心理測驗做完了吧？」

她點頭。「結果不錯，你適合當救世主。」接著她也站起身來，將咖啡杯拿到旁邊的垃圾桶去丟。丟完之後，她轉身問道：「我還想問你一個額外的問題。」

「請問。」

「你叫什麼名字？」

我一愣：「傑克．威廉斯……」

我還沒說完，她已經搖頭。「你真正的名字。」

「妳是說……我的眞實身分？」

她點頭。「你不會不知道吧？」

「呃……」我沉吟，「之前路西法跟我提過……」

「你不相信他的話？」

「倒也不是，只是我不知道該怎麼接受那種身分……」

「相信魔鬼……」她竟然又在寫字板上註解評論。「輕信於人。」

「喂！」

她又露出燦爛的微笑。「那路西法說你是誰？」

我沉默。

「就當是正式介紹吧。」她說，「你告訴我你是誰，我就告訴你我是誰。」

我側頭看她。

她鼓勵地說道：「你如果連自己是誰都無法確定的話……」

我朝她伸出一隻手，說道：「妳好，我是米迦勒。」

這眞是一句我從來沒想過自己會說出口的話。

她看著我的手，面露嘉許的神色，伸手跟我握了握，點頭笑道：「雅典娜，在此爲你服務。」

接著她體泛聖光，自我的視線中消失。

ch.4

面對面

我攔了一輛計程車，給了司機安全屋的住址，接著撥打電話給愛蓮娜。「愛蓮娜？收到資料了嗎？」

「收到了，分析中。」愛蓮娜說，「我還傳了份副本到保羅那裡，不過他應該睡了。」

「讓他休息吧。」我說，接著好奇地問：「對了，妳需要休息嗎？有沒有打擾到妳？」

「還好。我本身不需要休息，只是硬體每隔一段時間會有點過熱。但不用擔心，我有兩個子系統可以切換。雖無法全速運作，但還不至於影響到任務進行。」愛蓮娜停了一會兒，又道：「再說，現在紐約是白天。」

「新氣象計畫？」我問。

「按照這裡的資料，新氣象計畫的主旨就是要獵捕世間神祇，以及取得強大法器。計畫底下分有許多不同方案，但細節很少，據我分析，應該是在不同國家有不同的任務規劃。」

「聽起來規模很大，參與人數多嗎？」我問。

「不多。這計畫已執行半年了，依照任務規範來看，似乎都是單人任務。日期最近的方

案是『命運方案』，執行範圍在美國東部，基督大敵與命運之矛應該就包括在這方案裡。」

「他們的總部？」

「那個地址是空地。」

「假地址？」我愣了。

「不，只是從衛星畫面上看是空地而已。那個地方有大量能量匯聚，我認為要嘛就是地底建築，不然就是隱形科技。」

「我們這裡還沒有發展出隱形科技。」我說，「至少大規模的不行。」

「那也未必。」愛蓮娜說，「平行宇宙，渾沌力量，記得嗎？你們現實的規則已開始扭曲。我在嘗試撰寫運算式，分離這個宇宙與其他平行宇宙的能量架構資料，不過目前為止成效不彰。總而言之，你或許要用特殊方法才能看見新氣象總部。比如用柳葉開眼之類……」

「不存在的建築，是嗎？」我說，「沒有問題。」

「有問題。」

「什麼問題？」

「你被跟蹤了。」

我立刻回頭，不過由於我們正行駛在自強隧道中，就只有兩線道，也不能變換車道，所以一時間也看不出個所以然來。我問：「隧道裡妳也……喔，交通監視器。是誰在跟蹤？」

「三輛警車。」

我看到了。我們車後方每隔一段距離都有一輛警車。我之前曾看到警車，但沒看到一次有三輛那麼多，加上半夜台北常有臨檢酒後駕車的警察，所以我也沒想那麼多。「妳確定是在跟蹤我們？從陽明山過來也沒幾個轉彎口。」

「我在監聽警方通訊。」愛蓮娜說，「他們在跟蹤一輛車號BE-3169的計程車。」

我側頭看向前座中控台上方的車隊證件，確實就是我們這輛車。我注意到司機也一直在打量後照鏡。我跟愛蓮娜說的是英文，他又只聽見我單方面的對話，照理應該不知道我在講什麼才是。

「他們沒有閃燈鳴笛。」我說。

「他們在待命。」

車子駛出自強隧道，左轉圓環往內湖的方向開去。

「來了。」愛蓮娜說，「他們讓道了。」

我再度回頭，警車全都轉往隔壁車道。一輛黑頭廂型車自後方加速駛來。駕駛座的車窗開啓，車內駕駛拿出一個警用閃燈放上車頂，開始鳴笛閃燈。我認得那種車款，那是天地戰

警的公務車。

「死警察。」司機突然大聲說道，「幹！恁爸又沒超速、又沒變換車道，吃飽太閒來找恁爸麻煩！」

我說：「應該是衝著我來的，司機先生……」

「衝誰來都一樣！」司機繼續不爽。「恁爸沒違規，憑什麼要給他攔？幹！很久沒跑給警察追了。」

我連忙搖手：「不是啦，別這麼大火氣，他是來找我的，不關你的事……」

「想攔我的車，就關我的事！」司機沒有開始加速，不過也一點都沒有減速的意思。「媽的，這些死警察，每天不抓賊、不抓陸客，就只會欺負我們這些小老百姓！先生，你不要怕，我走堤頂，轉一高，一下子就把他們甩到車尾燈都看不見！媽的，欺負我計程車開不快？警察都沒看法國片啦！我一按這個鈕……」司機說著，比向排擋桿旁的小紅鈕。「車門底下還會冒出小翅膀勒！」

我心想：「**是你電影看太多了吧？**」嘴裡說：「不是啦，司機先生，那個不是警察啦。那是其他的黑衣人單位，應該只是找我談談而已……」

「幹！恁爸最討厭黑衣人！」

「麻煩你靠邊停一下。」我說，「真的，只是找我談談而已。」

司機一副老大不情願的樣子。「真的不要我甩掉他們嗎？一點都不麻煩喔。」

「真的，我也想和他們談。」我說，「就當幫我忙，好嗎？」

司機嘴裡嘟噥，放慢速度，靠邊停下。我在想他是本來就這麼憤世嫉俗，還是受到渾沌力量的影響所致。我衷心希望是後者。

廂型車在我們後方停車，三輛警車則開到我們前方停下。一個男子身影關上廂型車駕駛座車門朝我們大步走來。司機搖下車窗，探出頭去問：「什麼事啦？我沒違規。」

對方來到司機門前，說道：「不好意思，我不是來抓違規。我是來找你後座乘客的。」

「他也沒違規。」司機說，「你們這樣不行啦，人家會說我們台灣人欺負外國人……」

對方伸手進入車窗，在司機左邊後頸按了一下。司機聲音一啞，當場癱在窗口。車外的身影按下車門鎖，走到後座，拉開車門，矮身凝視著我。他背光，面孔看不清楚，但我早已透過他的聲音與氣勢認出他就是我此行的目標，天地戰警陳天雲。數秒後，他面露微笑，搖搖頭，說道：「錢先生。」

我點頭：「陳先生。」

「來台灣，怎麼不找我？」他說。

「其實我還沒入海關就在找你了，只是你有點難找。」我說。

「早知道你要來，我在紐約就該留張名片給你。」

「不好意思，還麻煩你親自跑一趟。」

「我不麻煩，警方比較麻煩點。」他說著，看看手錶，又看看他的車，最後轉回來看我。「一起吃個宵夜？」

我點頭。他移向旁邊讓我下車，然後朝他的廂型車走去。我自皮夾中取出兩百元台幣，塞到昏迷不醒的計程車司機手中，然後走過去上了陳天雲的車，坐在他旁邊的副駕駛座上。

「有什麼特別想吃的嗎？」

「客隨主便。」

他直開數百公尺，轉入美麗華旁邊的巷子，停在一間酒吧外。警車沒有跟來，也沒有其他車輛跟蹤的跡象。我跟他下車，步入酒吧。當然，他有可能在這裡面設下埋伏，但我還是大步走了進去。不知道爲什麼，我就是相信他只是來找我吃宵夜。

「記得這裡嗎？」陳天雲問。

「吳子明帶我來過。呃，我們。」我說。當年吳子明就是在這間酒吧裡對錢曉書講述天地戰警的歷史，並且徵召他（也就是我）成為天地戰警臨時僱員。清算霸、阿齊阿里、捆仙索、愛買停車場交易……當天的景象一一浮現心頭，雙燕的身影也跟著浮現。

我跟陳天雲在一張小圓桌旁坐下，他揮手招來服務生，我們點了啤酒、點心，隨即靠在椅背上，彼此互望。

「說來奇怪，」陳天雲說，「我記得吳子明帶我們來這裡的景象，但又有點模糊不清，好像發生在夢境裡。」

我看看他，說道：「對你來說，錢曉書的一生就像一場夢。」

他點頭：「我根本不該記得，但是我從來不曾忘記。」

我皺起眉頭。

他微笑：「這樣不正常？」

我搖頭：「你說得沒錯，那一切你根本就不該記得。而既然你都記得，我想……你會認為我是附身惡魔也是一種很公平的想法。」我坐正，凝視他，誠懇地道：「我該跟你道歉，對不起。」

「不，你的出現打開我的眼界。」陳天雲說，「你離開後，我整個人生都變得不同。」

這時，服務生走過來，送上我們的啤酒跟點心。我們等他擺放完畢，各自拿起啤酒，輕

碰酒瓶，喝了一口。接著，我將酒瓶放在桌上，說道：「我們還眞是客套。」

「是呀。」

「特別來找我，有事嗎？」我問。

「沒什麼。」他說，「我想要認識你。」

我心想，今天晚上想認識我的人還眞不少。「我確定你已經調查過我各方面的資料。」我說，「所以現在是怎樣？想找我做個心理測驗嗎？」

「不是，我只是想要聊聊。」他說。

我凝視他片刻，看不出他的意圖。我抓起點心盤裡的起司條，整條塞到嘴裡，接著拍拍手掌，說道：「聊吧。」

「你喜歡拯救世界嗎？」他問。

我揚起一邊眉毛。「感覺還不賴。」我說，「你呢？」

「我也滿喜歡的。」他說，「我很喜歡看到壞人得到報應，也很喜歡看到好人嚐到善果；我更喜歡看到人們那種感激的神情。但是說眞的，我認爲我喜歡拯救世界最主要的原因在於……那是一個人類所能夠獲得的最大成就感。」

我想想他的話，輕輕點頭：「我想你說得都沒錯。你如果剛剛問我爲什麼喜歡拯救世界，我可能會說遇到看不下去的事，我就要管。但是剛剛聽了你的說法，我覺得或許我該想想有沒有什麼不是那麼冠冕堂皇的理由。」

我們兩兩相望，沉默片刻，突然間一起笑了出來。接著，我們不約而同地舉起酒瓶，說道：「敬拯救世界。」

我們一飲而盡，把空瓶放到一邊，各自又拉了一瓶酒擺到面前。

「還記得你第一次拯救世界是什麼情況嗎？」他問。

我回想第一次稱得上拯救世界的事件。「應該是在印度，那個……」我看了他一眼，不確定這樣說會不會令他心生不悅，不過反正這個話題是他先提起的。「那個故事叫作『卡里之怒』，是講述印度教毀滅女神卡里，出面結束一個世代循環的故事，有點類似基督教的啟示錄。基本上就是女神降世，殺光所有沒有在這段時間的輪迴中提升自己靈魂的人們。我必須說，印度教是種非常令人不安的宗教，而美國人在寫到關於其他文化的宗教故事時，又常常會帶有很自以爲是的刻板印象。那個卡里女神……至今依然會出現在我夢中糾纏。」

「我記得卡里是三頭六臂？」陳天雲說。

「不是，四條手臂。分別握持長劍、套索、流滿鮮血的頭骨，跟一顆人頭。」我說，「很嚇人。」

「是，我想錯了。」陳天雲笑，「結果你怎麼做？」

「我？」我玩弄著酒瓶，回想當年景象。「我請出破壞神濕婆，透過她的力量，把卡里痛扁一頓，拔斷她兩條手臂，當作棒子將她亂棒打死。」

「什麼亂七八糟的？」陳天雲問。

「你千萬不要以爲會用莎翁之筆寫故事的人都是大文豪。」我說，「有些人寫得眞的是……」我說著，直搖頭，「……無言以對。」

陳天雲哈哈大笑，我也忍不住跟他一起笑了一會兒。我們又喝了一口酒，接著我問道：「你呢？你第一次拯救世界？」

「蚩尤。」陳天雲說。

我點頭。「好像中國傳統仙術故事，都要把蚩尤抓出來鞭屍。」

「要有名氣才能當魔王。」陳天雲說，「印度教還不就是濕婆、卡里或毘濕奴什麼的？」

「說得沒錯。」我說，「你把蚩尤怎麼了？」

「我將他誘騙到河北省逐鹿縣，然後假扮軒轅黃帝，把他給嚇跑了。」

「啊，我記得這件事。」我說，「你知道……就是在我變成你的時候，對這件事情有印象的。」

「第一次拯救世界，做得不是很漂亮。」他點頭苦笑，「不過，我這輩子對抗的都是中國妖怪。不像你，東奔西跑，各式各樣的文化都有涉獵。」

「我涉獵的文化亂七八糟。」我說，「還有些極端地……不堪入目。至少中國的神話都有一定的尺度。」

我們又繼續聊了一些拯救世界的經驗分享。講到後來，我把反物質神杖的事件都告訴他了，而且在提到女神時也沒有任何避諱。我甚至還告訴他，瑪莉附身自己的肉體所代表的意義，讓他知道天地戰警進入眞實世界的一切開端。

陳天雲一副神遊天外的模樣，對於我最後所說，似乎都沒怎麼聽進去。等我講完後，他長吁一聲，指向天花板，說道：「我從來沒有離開過地球。宇宙核心？大黑洞？天呀，你看過的景象眞是豐富非凡。你不知道我有多少次曾仰望星空，幻想自己能夠遨遊銀河……」

「是啊，」我說，「但是你有能力遨遊天際，這已是世人稱羨的特異功能。」

「是。」他喝了一口啤酒，「比上不足，比下有餘。」

「不能這樣講。」我說，「知足常樂，不知足是不開心的源頭。」

「我不會不知足。」他靠上椅背，懶洋洋地說，「我認為有得不到的東西、做不到的事

情，都是人生非常珍貴的缺憾。如果你無所不能，一切的意義就會變得非常渺小。」

我凝望著他，竟有種凝望自己的感覺。片刻過後，我將酒瓶舉向他，說道：「敬珍貴的缺憾。」

「敬珍貴的缺憾。」

我們又各自乾掉一瓶。陳天雲招來服務生，請對方再上一手可樂娜。

他突然笑嘻嘻地看著我，接著一副感慨萬千的模樣。「我就知道。」

「知道什麼？」我問。

「知道你是個可以分享這一切的人。」他說，「這種心情；這種感慨。成就感；無力感。很難得可以找到一個人分享……不，該說是暢談這種事情。那種感覺就像是……超人遇上蜘蛛人。」

我大笑。「敬超人！」

「敬蜘蛛人！」

我懷疑附近的酒客是否正以異樣的眼光看我們，不過我知道我們不太在乎就是了。

我話鋒一轉。「但是你有沒有發現，最近像我們這種人有越來越多的趨勢？」

「貨眞價實的沒幾個。」陳天雲說。

「根據我的情資，」我說，「洛杉磯出了一個反恐局的獨行探員，至今已經拆了一打核彈，阻止六次生化危機，並且炸毀一座中國的祕密太空站。」

「《反恐現場》系列。」陳天雲點頭。

「還有一個泰國拳王，曾經打倒計畫征服世界的四面魔。」

「《泰拳魂》。」

「日本的轉學生，一刀劈死阿修羅。」

「《終極逃殺》。」陳天雲說。

「看來你對筆世界下了不少工夫？」我揚眉。

「過去半年，我有空就看小說。」陳天雲說，「特別是這種突然可以與時事結合的小說。每當發現有這種救世英雄類型的人物出現，我就會抽空登門拜訪。就像我說的，貨眞價實的沒有幾個。」

「如果渾沌的情況繼續下去，相信我，貨眞價實的英雄會越來越多。貨眞價實的魔頭也是。」我說，「問題並不在於一個世界可以容納多少救世英雄。問題在於這個世界需要被救世英雄拯救多少次。渾沌的力量越來越甚，我們的世界就越來越不穩定。當一切失去了規則，每個人心中的那條線變得模糊不清時，英雄與壞蛋的界限也將不再明顯。」

他喝一口酒，吃根薯條，笑問：「怎麼話題突然變得嚴肅起來？」

「因爲我希望你捫心自問。」我說，「你確定自己還是英雄嗎？你確定自己依然站在正義的一方？」

他想了想，點頭道：「我確定。」

我凝視他片刻，長嘆一聲，問道：「你到底想要幹什麼？你收集法器、獵捕諸神，到底是爲了什麼目的？奪取莎翁之筆，是不是想要釋放女神？你知道讓她進入眞實世界會有什麼後果嗎？」

他看著我，欲言又止，但最後還是搖搖頭。「我不打算跟你談這件事。」

「你知道我來台灣的目的，對吧？」我問。

「你想要取回莎翁之筆與命運之矛。」他答。

「或許我沒必要取回。」我說，「只要你告訴我，你打算拿它們來做什麼？」

他繼續搖頭：「你會想阻止我。」

「除非你打算釋放女神。」我說。

他毫不猶豫：「我打算釋放女神。」

我愣了愣：「爲什麼？你怎麼能在前面長篇大論地跟我討論拯救世界後，又大剌剌地跟我說要釋放女神？」

他若有所思地看著酒瓶，過了一會兒，輕輕問道：「你爲什麼不去找雙燕？」

我第一個反應是要大聲要求他不要改變話題，但是一口氣卻硬生生地卡在喉嚨裡，擠不出來。我無言以對。

「雖然她試圖阻止你入關，但其實她很想見你。」他說，「她不希望你來台灣，其實是爲你好。」

我還是沒有說話，因爲我不知道該說什麼。

「你愛過她嗎？」他問。見我不答，他伸過手來，用酒瓶撞擊我面前的桌面。「你愛過她嗎？」

「當然。」我終於說道，「但是那都過去了。」

「每個人心中都有一個一生最愛卻又不得不放棄的缺憾。她會是你的缺憾嗎？」

我凝視他，凝視很久。「問這幹嘛？」

「因爲你是她的缺憾。」他說，「除非跟你在一起，否則她一輩子都再也找不到眞正的快樂。」

「你知道事實並非如此。」我說，「心裡的缺憾是屬於過去的東西，而人始終活在現在與未來。她總有一天會遇上一個能給她帶來快樂的人，我本來一直以為那個人是你。」

「她努力嘗試過。」他說，「眞的，我也努力過。但是我沒辦法在她眼中看到曾經的那種快樂，或是曾經的那種悲傷。」

「你應該做到自己的最好，而不是跟她的過去比較。」我說，「感情不是是非黑白，不是獨一無二。一夫一妻制是人類社會的基礎，但它確實有違人性。你可以要求每個人在道德上跟肉體上從一而終，但是你不能阻止人們在夜深人靜時，懷念生命中其他重要的男人或女人，直到淚如雨下。」

「你很會說嘛。」陳天雲語氣微帶不屑，「既然這麼會說，去見她一面又怎樣？」

我張開嘴，呆了半天，什麼話都說不出來。最後我說：「有些事不該做就是不該做。」

「那眞是廢話。」陳天雲說，「那眞是最爛的藉口，我都不知道該怎麼說了。那不是什麼不該做的事，純粹是你不敢面對一生的眞愛。這跟是不是同一個世界的人無關，這跟是不是過去、有沒有未來也無關。這只跟你是個懦夫有關。你是個懦弱的男人，你只懂得遊戲人間。但是眞正遇上愛情的時候，你唯一的反應就是逃避。」

「說什麼？」我有點怒了，「你懂什麼懦弱？懂什麼逃避？你懂我什麼？你懂我在想什麼？」

「我當然懂。」陳天雲斬釘截鐵地說，「因爲我的反應跟你一模一樣。我的做法也跟你一模一樣。我只懂得逃避。」

我接不下話。

「我愛她。」他說，「非常愛。」他稍停片刻，喝了一口啤酒，放下酒瓶。「但我不知道我能給她什麼。我不知道我們可以一起迎接什麼樣的未來。生命中第一次，我懷疑自己的能力。」

我突然有種懂他的感覺，或許在那一瞬間，我對自己也有了一種更深入的了解。我緩緩問道：「你該不會是打算去做什麼愚蠢的事情吧？你該不會是預見了自己的死亡吧？你該不會是想要把她丟下，拍拍屁股，一走了之吧？」

「就像你當初那樣，拍拍屁股，一走了之？」他問。

我無言，他也無言。我們在沉默中分享啤酒。

「我們訂個約吧。」他終於說道，「大便即將擊中風扇。世界即將陷入混亂。你跟我……我們都將面對拯救世界生涯裡最嚴厲的挑戰。如果我沒能活下來，你就去找雙燕。如果你沒能活下，我也不會繼續逃避。不管發生什麼事，你跟我，我們兩個一定要有一個人留下來守護她的笑容。你怎麼說？」

我的腦中浮現出雙燕的面孔，同時也浮現出瑪莉的容顏。我不知道自己會不會面臨這樣的選擇，但是說眞的，當像陳天雲這樣的男人跟你訂這種約的時候，你有可能跟他說不嗎？

我高舉酒杯，輕聲說道：「敬一生最愛的人。」

「敬一生最愛的人。」

我們把所有啤酒都喝完了。

他請服務生過來買單。簽完帳單之後，他又在桌上留下一百元小費，接著站起身來，對我說道：「你想要阻止我釋放女神嗎？」

「那是我來台灣的目的。」我說。

「你還有一天的時間。」他說，「後天清晨，我就會開啓世界大門，讓摩根．拉菲重臨人間。莎翁之筆跟命運之矛都在新氣象計畫總部，想來的話，我恭候大駕。」他對我伸出手掌，我接過來握了握。「很高興認識你。」

「彼此彼此。」我說。

他笑了笑，走出酒吧。

我繼續在位子上坐了一會兒，看著他離去的大門，愣愣地出神。刮乾最後一根薯條之後，我也起身離開。

我們對新氣象計畫的總部一無所知。不存在的建築最麻煩的地方，就在於你查不到它任何資料。沒有建築藍圖、沒有管線分布、沒有監視畫面，什麼都沒有。這表示你沒辦法規劃任何入侵計畫。遇上這種情況，正常人，我是說正常探員，就只能直搗黃龍。幸虧我不是正常人，我的組員也都不是。

愛蓮娜決定出動草雉計畫。

「目前我們手頭上的資料嚴重不足，最簡單的辦法就是打草驚蛇，聲東擊西。」愛蓮娜說，「我闖進去大鬧一場，你趁機從隱密入口偷溜進去。」

要啓動草雉計畫，就表示我們必須在附近架設行動基地。一來是因爲草雉計畫需要大量能源，一次充電所能使用的時間有限。二來是因爲對方既然能夠使用隱形科技（或是法術），肯定也擁有遮蔽各式訊號的能力。所以，保險的做法是就近傳送遙控訊號，適時加以調整。保羅透過關係，弄了一輛僞裝成廂型車的裝甲車。在將包括草雉計畫在內的所有裝備裝上車之後，車裡連讓我擠進去的空間都騰不出來。沒關係，我另行開車。

「愛蓮娜進去後，就可以啓動這台超聲納裝置。」保羅驕傲地亮出一個手機大小的黑盒子。「透過聲納訊號回傳，我可以在五分鐘內建立這棟看不見建築的模型。到時候，我就可以根據他們的管線分布，追蹤他們的電力來源，然後從電源線偷接訊號，複製他們的所有系統。」

「透過電源線就可以了？」我問，「不需要接電話線？」

「現在家庭網路都可以走電線了。」保羅語帶不屑，「叫你沒事多讀點書……」

保羅取得建築架構跟安全系統後，就會立刻研擬出一份入侵計畫。我們一邊行動，一邊修正，將主要目標擺在莎翁之筆跟命運之矛上，能夠避免衝突就盡量避免。事實上，眞要衝突起來，我還眞不知道該怎麼辦。上次敗在陳天雲手下之後，至今都還想不出什麼對策。儘管保羅提供了一些火力強大的小道具，但我很懷疑那些東西對陳天雲能產生多大影響。目前看來，我也只能走一步算一步了。

□

我坐在駕駛座上，神情凝重地看著馬路對面的建築工地。此刻是晚上八點，信義區熱鬧非凡，到處都是逛街的人潮。不過，這座建築工地附近的人還是明顯比附近街道來得稀少。我在想，這是因爲來這裡逛街的人們會刻意避開建築工地，還是陳天雲施展了什麼讓人主動迴避的法術。

「超聲納系統啓動。」右耳傳來愛蓮娜的聲音。

「開始接收回傳訊號。」保羅回應，「有遭遇嗎？」

「警報亂響。走道封閉。」愛蓮娜說，「幸好我不是非走走道不可。」

任務頻道中傳來一陣牆壁坍塌的聲響。

我靜靜聽著，沒有發表意見，但其實心裡很急。我並不是不相信愛蓮娜的能力，我只是不習慣躲在車裡等待其他人行動。通常在外面行動的人應該是我。耳機沉寂了一陣子，沒有半點聲息，我等到身體有點緊繃。這時，手背上傳來一陣暖意，我回過頭去，只見坐在旁邊的瑪莉伸手輕握我的手。

「你在擔心？」她輕聲問道。

「一點點。」我說。

她凝視著我。「你每次跑出去，我也很擔心。」

我不知道該怎麼回應這句話，只能愣愣地看著她。

「我一直都告訴自己，說你不會有事。」她繼續說道，「但這是第一次，我不知道我能不能相信這種話。」

事實上，我也是。一直以來，我都很確定自己能夠逢凶化吉，彷彿生活中的生死交關就跟電腦遊戲一樣眞實或虛幻。但是這一次，我好像離開了遊戲，眞正步入現實。這次，我覺得自己眞的有可能會死。

我們沉默了很長一段時間，就這樣坐在車上，凝望彼此。我知道我該說點安慰的話語，或是說點很酷的鬼話，但是我沒有，我說不出來。最後我們湊到中間，擁抱彼此。

「我愛你。」

當相愛的人無言以對時，就只好搬出這三個字來塡補空洞。

「我也愛妳。」

我們一直抱到任務頻道再度傳來回報，才終於放手。

「我已經接上訊號，收到監視畫面。」保羅說，「三層樓高的建築。依照結構來看，三樓本身是座巨型保險庫。西南角幾乎沒人路過，你可以從那裡的側門進入。」

我開門下車，關門前，看見瑪莉在副駕駛座上看著我。我湊回駕駛座，在她臉頰上親了一下，說道：「妳先去跟保羅會合，我很快就回來。」

我關上車門，朝工地走去。工地外圍圍了一圈綠色鐵皮，不過剛剛已被愛蓮娜扯出一個大洞。我側身閃進鐵皮內，眼前雜草叢生，完全看不出什麼三樓建築。

「指引我。」我對耳機說，「可別讓我去撞牆。」

我依照他的指示，轉向工地西南角，途中路過愛蓮娜的突入點（看不見的建築物外牆上一個不規則的大洞，洞裡的走廊景象倒是清清楚楚）。我側頭看了看，隱約聽見遠方傳來槍聲。槍聲很悶，似乎遭到壓抑，看來，雖然牆上破了個洞，隔音效果依然很好。我繼續前進，來到保羅指定的地點。摸清牆壁及側門位置後，我問：「沒有警報嗎？」

「已經解除了。」

我轉動門把，推開逃生鐵門，步入建築之中。

「安全系統已經被愛蓮娜破壞得差不多了。從這裡到三樓都是普通的監視設備，你只要注意攝影機轉動的角度就行了。」保羅說，「你從眼前的走廊直走到底，就會看到樓梯間。從那邊上三樓。」

我留意監視系統，輕手輕腳地緩慢前進。「愛蓮娜怎麼樣了？」

「目前遭遇的都是自動防禦系統。」保羅回答，「我查遍所有的監視畫面，沒看到半個人影。看來這整座建築似乎完全沒有人看守，至少一、二樓沒人看守。」

「三樓呢？」我問。

「三樓沒有監視系統。」他說，「看來如果有什麼祕密，應該都擺在三樓。」

我推開樓梯間的鐵門，站在階梯底下，抬頭看向黑黝黝的樓上。「依照正常的設計，應該是擺了好東西的地方，才會架設保全系統。」

「設計此地保全的人，顯然是顧慮到監視系統遭人反制的風險，反而是沒有裝置監視系統的，才眞正是安全的地方。」

「換句話說，」我開始上樓，「因爲三樓沒有監視系統，所以我們對三樓的情況一無所知。」

「一點也沒錯。」

「還有比這個更明顯的陷阱嗎？」我問。

「不容易。」

遠方傳來一聲巨響，接著腳下劇烈震動，上方飄落大量灰塵，就連我手邊的牆壁也突然龜裂。我伸手扶牆，等待震動過去，隨即輕壓耳機問道：「愛蓮娜？妳還好嗎？」

一陣雜音過後，愛蓮娜回報：「剛剛是這棟大樓的自毀裝置，我已經把它給炸了。你相信嗎？現實生活裡竟然會有人安裝自毀裝置？」

「自毀裝置可以用炸的嗎？」

「像我這種資訊齊全的專家就行。沒有我的指引，你千萬不要嘗試。」愛蓮娜說，「記得我說過這地方有大量的能源凝聚嗎？好吧，目前爲止，我已經快要搜完一、二層樓了，卻連部發電機都沒看到。」

「所以三樓存在著某種需要大量電力的裝置？」我說。

「我開始懷疑那是不是科技性的能源了。」

「什麼意思？」

「你說陳天雲在獵捕神祇。」

「你認爲那些神都被他囚禁在三樓？」

「有可能。」愛蓮娜說，「不過又跟昨晚我在那個自稱雅典娜的女神身上探測到的能量不一樣。此地凝聚的能量，雖然未必更加強大，但是更加純粹，彷彿透過什麼化學過程被人去蕪存菁，擷取出來了。」

「聽起來不是好事。」我來到三樓鐵門後，輕輕握上門把。「妳繼續搜樓下，三樓交給我。」說完推開鐵門，步入三樓的走廊。

很短的一條走廊，盡頭就在幾步外。我走到盡頭處門前，打量這扇看起來平淡無奇的玻璃自動門。門外沒有守衛，也沒有加裝指紋、虹膜之類的安全系統。旁邊有個櫃台，不過沒有接待小姐坐在後面。我怎麼看，這都像一間普通科技公司的門面，不像是什麼神祕情報單位的祕密基地。好吧，起碼不像直銷公司。

我踏步向前，站在玻璃門口，玻璃門應聲而開，還搭配叮噹鈴聲，以及「歡迎光臨」的女性語音。雖然世俗了點，不過也不失為一個讓主人知道有客來訪的好方法。還說什麼偷偷潛入……

玻璃門後是間小型接待廳，有桌椅以及茶水用具，但似乎不常有人使用。我確定接待廳中沒人後，直接穿廳而過，推開後方的大門。門後是個非常寬敞的空間，像商業大樓裡的主辦公室，不過沒有辦公隔間，完全打通，左側牆面有一個長形房間，對面牆壁上有一扇圓形金庫大門。

沒看到人，但是有遭人監視的感覺。我相信陳天雲就在附近。

我向左側走去，打量那個房間。這個房間原先應該當作會議室使用，朝向辦公室的這一面有大型玻璃窗，不過裡面還有一層遮起來的百葉窗。我透過葉片縫隙瞄向房間內部，只見一張長方形會議桌旁坐了二、三十個人……以及看起來像人或不像人的生物。有的牛頭人身、有的人頭馬身，還有人頭蛇身，以及人頭上面長有一大堆蛇的女人。他們全都垂頭喪氣地坐在椅子上，兩眼茫然，不過不算呆滯。有人顯然察覺房外有人，但只是轉頭看了我的方向一眼，隨即繼續垂頭喪氣。我看不出他們是否遭受到強制監禁，不過似乎沒有人有逃走的意圖。他們全都……意興闌珊，好像人生失去了目標，再也沒有值得奮鬥的事情。

我走到門邊，輕轉門把，推開會議室的門，走了進去。會議室中沒有人在乎我的存在，沒有人想要理我，似乎這個世界已經沒有任何事能夠激發他們的興趣。

「請問……」我知道這樣問很荒謬，但是此時此刻，我的腦中只有一個問題。「有人想要離開嗎？」

滿頭蛇髮的女人轉頭看我，瞪我，狠狠瞪我，然後神色無奈地說：「如果你變成石頭，我就會想要離開這裡。但是你沒有，再也不會有人被我變成石頭了。」說完，閉上雙眼，癱回椅背，不再理我。

我皺起眉頭：「你們的力量呢？」

一名相貌恐怖、擁有四條手臂的男人，頭也不回地說道：「被拿走了。」

「有機會再拿回來嗎？」

他緩緩搖頭：「沒有。」

「沒試過怎麼知道？」我問。

「有些事你就是知道。」他說，愣愣地看向前方，任誰都看得出來，他是在看過去。「時不我予。我們跟不上時代，時代也不會為我們停下腳步。我們的時代早就已經結束了，只是我們一直不肯真的放手。」

我走到四臂男的對面，隔著會議桌看著他。「不管怎麼樣，你不願意放手的東西，就不該被人強迫放手。」

「是嗎？」四臂男揚眉，「如果沒有被人強迫，或許我永遠不會放手。」

我凝視他片刻，點點頭，說道：「很高興你能夠這樣想。」

我挺直身體，環顧四周，所有人依然垂頭喪氣。「是呀，」我心想，「**他們的時代已經結束了。**」我暗自嘆息，朝會議室另一端的門口前進。

在我打開門的時候，四臂男突然問道：「有朝一日，當你的時代也過去之後，你會願意放下你的力量嗎？」

「等這一切結束後，」我點頭，「我就不再需要這些力量。」

「但是……」四臂男看著我問，「這一切會怎麼結束呢？」

我想了想，嘴角上揚。「嗯，」我說，「已經不是你們需要擔心的事情了。」

我走出會議室，沒有關上門。回到大辦公室後，我走向金庫大門，站在金庫門口，打量這扇看起來非常堅固的鋼鐵大門。我自外勤袋中取出手機，拍下大門相片，隨即傳送出去。我輕點耳機，說道：「收到了嗎？」

愛蓮娜跟保羅同時說：「收到了。」保羅繼續補充：「史密斯防爆門，型號DB-306。不是最新的，但是非常牢固。你需要鑽石鑽頭才能鑽入外殼，雖然我車上剛好有一顆，不過眞要開鎖，需要不少時間，建議直接從牆壁著手。」

「萬一牆後還是鋼壁呢？」我問。

「那我就給你送工具上去。」

「愛蓮娜……」我說到一半，耳中突然響起尖銳的雜音，接著一切回歸死寂。我的對外通訊完全斷絕。我左顧右盼，找尋陳天雲的蹤跡，就聽見一陣機械運轉的聲響，金庫大門緩緩開啓。門後站有一條男人身影，正是陳天雲。

我跟他對看片刻，相視一笑，接著他踏出金庫，反手比向身後，對我指出金庫中唯一的展示櫃上所放置的一把長矛與一支鵝毛筆。

「客套話說完了。」陳天雲說，「東西拿得走就是你的。」

我一手前，一手後，側過身體，拉開馬步。「痛快。」

「人生正該如此痛快！」

陳天雲左手比出劍訣，右手掌心向上，道力凝聚，一把長劍憑空浮現。他掌心翻轉，長劍立刻對我疾射而來。我側頭閃避，出掌拍中劍柄，順勢一帶，將長劍握在手中。回過頭來之後，只見陳天雲竄入空中，兩手握住另一把長劍，以雷霆萬鈞之勢對我當頭砍下。我劍尖上挑，指向他的咽喉。他身體急旋，避開長劍，自我身側橫劈而來。我反手格擋，長劍相交，綻放亮眼火光。我感覺手掌痠麻，虎口發痛，整個人向後盪去，最後撞上牆壁，喉頭發甜，噴出一口鮮血。

我擦拭嘴角。「你一個禮拜前還說我們兩個道力相當，怎麼現在沒拿命運之矛，就能一招把我打到吐血？」

陳天雲甩動長劍，發出一陣嗡嗡聲響。「我們生死相拚，彼此對立，怎麼我說什麼你都相信？」

我將長劍平舉胸前，擺出個可攻可守的架式，問道：「你奪取諸神神力是爲了什麼？」

陳天雲向我移動。「當然不是爲了打你這麼簡單。」

我反手握劍，對準陳天雲拋擲而出。這劍破風而去，聲勢驚人。陳天雲眉頭一皺，舉重若輕地揮劍擋下，將長劍遠遠盪開。我欺身而上，掌心翻飛，化作無數光掌，將陳天雲籠罩其中。陳天雲不慌不忙，冷笑一聲，也不出劍，看準我掌風最實之處一掌拍出。我與他雙掌交擊，只覺一股大力襲來，胸口的空氣幾乎全部離體而去。我悶哼一聲，掌心運勁，輕輕將他推開。

陳天雲並不追擊，只是站在原地，冷冷看著我。

我深吸一口氣，一邊運氣調息，一邊靜心思考。我與陳天雲的道術法力一脈相承，他的力量我是很熟悉的。此刻他雖然道術強橫，遠遠非我所能及，但我可以確定那都是屬於他自己的力量，絕非外力加身。當年吳子明曾說，陳天雲天資聰穎，修行一年可抵常人修行百年。我跟他分隔數年，他的道行深了，我卻停滯不前。或許我們之間的實力差距完全只是如此簡單的數學題？

我吐出口瘀血，呼出一口大氣。「你取走諸神神力卻不化為己用？你到底想幹什麼？」

「有機會你會知道的。」陳天雲說，「其實我還需要一點額外的力量，可惜新氣象計畫最後一個目標實在難以捉摸，我怎麼也無法掌握對方的行蹤。錢兄，本來你不須涉入此事的，但如今時間緊迫，我不能繼續拖延，只好取用你的力量。」

「你在獵捕雅典娜？」我問。

陳天雲神色訝異。「原來她和你接過頭了？」

我點頭。「原諒我說話直了點，但是我認爲憑你的實力，根本鬥不過她。」

「我相信你。」他說，「幸好我決定拿你當替代品。」

他將長劍往地上一插，隨即蹬起右腳，一撲而上。我大喝一聲，雙掌交疊，掌心綻放白光，噴出一顆光球。這顆光球是猶太教喀巴拉修行中的賽飛羅，是我在附身陳天雲的時候頓悟而出的力量，與陳天雲本身的力量並不相干。我期望他不記得這股力量，如此我就能夠取得出其不意的優勢。只可惜這最後的算盤落空了。就看到陳天雲身在半空，運掌成爪，一把將賽飛羅握在手中，隨即落在我的面前，左手箝制我的雙手，右掌連帶賽飛羅一併擊中我的胸口。

我張口結舌，肌肉痠痲，全身電光流竄，完全動彈不得。陳天雲掌心使勁，令我全身力量鼓動而出。接著他右手後扯，將我體內的道力法術化作一股純粹的能量，盡數扯出體外。

我全身虛脫，癱倒在地，一時之間就連轉動眼珠的力氣也沒有，只能透過眼眶角落眼睜睜地看著陳天雲帶著我的力量走向金庫。

「這樣就夠了。」他邊走邊說，「得罪了，錢兄。」

他說完，消失在金庫大門後。片刻過後，他再度回歸，一手拿著命運之矛，一手握著莎翁之筆。

「此後你就只是個平凡的普通人，」他說，「世界的命運再也不是你要擔心的事了。」

我掙扎著想要說話，卻一口氣卡在喉嚨，只能說出：「你……你……」

他神情堅毅，充滿自信，舉起左手的命運之矛：「我將命運握在手裡，」他說，接著又舉起右手的莎翁之筆，「即將寫下人類往後的歷史。」

他憑空揮灑，莎翁之筆劃破虛空，在空間上留下閃亮的軌跡……

□

空氣中隨著筆跡出現一塊閃亮的四方形輪廓，四方形中央的空間鼓脹收縮，虛實不定，彷彿該處的空間特別脆弱。陳天雲在門中央偏右處畫下一道門把，隨即將莎翁之筆插回上衣口袋，伸出右手握住門把。

我氣若游絲，無力說道：「陳……天……雲……」

他稍停片刻，也不回頭，只說：「我給過你機會阻止我了。」說完，壓下門把，拉開光門。

門後激光四射，噴灑出一股強烈的氣息，充斥整間大辦公室。我失去法力護體，幾乎連眼睛都無法睜開。只見那道光門彷彿逐漸擴張，越來越大、越來越大，接著光門中央浮現一道黑影，越來越清晰、越來越實在，最後凝聚成一個女人形體，朝光門這邊緩緩走來。對方長髮飄逸、步伐輕盈、體態曼妙，每踏出一步，都彷彿在地面上掀起漣漪，自天空撒落花瓣，令萬物滋長不休，同時又令萬物猝死凋零。

當對方終於來到門口，陳天雲放開門把，後退一步，讓對方步出光門，進入我們的時空、我們的世界。

光門中緩緩伸出一條女性小腿，在閃耀的平面上由黑影突然化爲實質。那腳掌柔順輕盈，小腿白皙無瑕，踏上地面的同時，水泥地板如同蛛網般朝四面八方龜裂，而裂縫之中也在轉眼間冒出青草嫩芽，湧泉鮮花。對方上身前傾，遁入現實，全身一絲不掛，渾圓堅挺，動靜皆宜，充滿野性美。她面有百相，容貌不定，五官飄忽，但是不論如何變化，始終美不勝收。她髮長及腰，烏黑亮麗，無風自飄，在其背後形成一股超越現實的虛幻景象。當她後腳提出門外，踏入實地之後，光門不是關閉，而是朝四面八方擴散，轉眼幻化無形，散入現實的世界之中。

女神緩緩張開雙眼，揚起嘴角，露出大功告成般的勝利笑容。

「終於回來了。」她張開嬌艷的嘴唇，吐出悅耳的美音。「這感覺眞好。」

她腳下的裂痕擴及到我的身邊，一朵鮮花開在我的眼前。透過眼眶角落，我發現花瓣中央長有排小小的利齒，鼻中隨即聞到隱藏在花香之中的腐敗氣息。

「我忠心的僕人啊，」她轉頭朝向陳天雲微笑，「過來跪拜你最心愛的女神。」

陳天雲輕輕一笑，並不下跪。

「喔，」女神的語氣無限愛憐，「你勞苦功高，不必拘泥繁文縟節。對了，從今而後，心愛的僕人，你將不需要向任何人下跪。」

陳天雲緩緩搖頭。「我這輩子從來沒有跪過任何人。」

女神笑容一僵，五官突然幻化，我認爲在那一瞬間，我看見了另一個神祇的容顏浮出水面。但是那瞬間稍縱即逝，女神再度恢復親切的笑容。

「你爲我做了這麼多，讓我終於重臨大地。」女神說，「告訴我，我該如何獎勵你？」

「妳離開筆世界，就是最好的獎勵。」陳天雲說。

「喔。」女神雙手輕撫胸口，故作感動狀。「不求回報的僕人，實在令我感動。」說著，開始踏步向前。

陳天雲跨上一步，阻擋她的去路。

女神雙眼一緊，眼冒精光。「你敢對你的神無禮？」

陳天雲甩動命運之矛。「我有對妳祈禱過嗎？有對妳要求過嗎？妳憑什麼自稱是我的神？」

女神冷冷地瞪著他。「我開啓你的眼界，讓你認清事實。」

「而在認清事實之後，」陳天雲說，「我立刻決定要除掉妳。」

女神皺起眉頭。「爲什麼？」

「這還用問嗎？」陳天雲說，「因爲我這輩子都在對付像妳這樣的怪物。」

女神臉色一變，殺機浮現。「我懂了。你想當我回歸現實的最後試煉。」她輕輕搖頭。「我本來不想殺你的，但是你如此褻瀆神靈……」

「妳知道我爲什麼這麼痛恨神靈嗎？」陳天雲搶話道，「因爲你們動不動就說我們褻瀆。褻瀆這個字簡直就是階級權威的極致表現。我褻瀆過妳什麼了？憑什麼我對妳不敬就叫褻瀆，妳對我不敬就是理所當然？妳曾經爲我做過什麼？有什麼理由我要感激妳？有什麼理由妳尊我卑？你們跟耶和華的恩怨應該私下解決，扯到我們整個世界是什麼意思？」

「你們的世界才是重點呀。」女神笑道，「諸神相爭千萬年，爭的也不過就是這個世界誰當家。如果不扯你們整個世界，我們爭這麼久是在幹什麼？」

「這就是我要除掉你們的原因。」陳天雲冷冷道，「你們是現代世界的毒瘤，古老傳承的膿瘡。當今世上滿天都是飛機，滿地都是電腦，人類開化到這個地步，你們竟然還想高高在上，玩弄我們於股掌之間？笑話！」

女神容貌又變，化爲一副不怒自威的威嚴面貌。「人類尊敬神靈是宇宙萬物的基本規則。自從人類不敬神靈開始，整個世界就不斷腐敗墮落。你們心中不存敬意，自然就失去了神靈的導引。難道你看不出來，你們人類的內心已經墮落到什麼地步？」

「我們會調整步調，學習錯誤，這是演化的基本道理。」陳天雲說，「你們這些既得利益者，只想抓住過去的權柄，自然不願意世界改變，也看不見世界改變。看不見你們早就應該遁入歷史的洪流，消失於現實之中。」

女神神色好奇。「你是耶和華的信徒？」

「不是。」

「難道你沒有信仰嗎？」女神問，「難道人類已經自尊自大到什麼都不需要相信的地步了嗎？」

「我相信的乃是天地之間的運行道理。」陳天雲正氣凜然，「我相信宇宙中莊敬自強、生生不息的力量。我相信生活周遭與我相互影響的一切。我相信我的道德價值、相信我的善惡觀念、相信我的親戚朋友、相信我的女人、相信我的愛。我相信人心、相信是非黑白、

相信灰色地帶。我相信當今世上所發生的一切，我相信每個人都必須爲自己的行爲承擔後果。」他舉起長矛，直指女神。「我唯一不相信的，就是自認至高無上，試圖左右人類命運的過時權威。」

「那又爲什麼放我出來？」女神問。

「因爲箏世界是妳的地盤。」陳天雲說，「如果讓妳縮在妳的世界裡，我肯定動不了妳。進入眞實世界，我起碼還有機會。」

「就這樣？」我驚訝到突然有力氣開口。「你搞這麼多事，就只是爲了這點機會？」

陳天雲並沒有回頭，只是冷冷說道，「懂得創造機會，才是英雄所爲。」

女神順著我的聲音轉頭，臉上突然充滿笑意。「啊，米迦勒？怎麼這麼狼狽，躺在那邊我都看不到你了。」

我想要反脣相譏，但是剛剛一口氣洩了，暫時說不出話來。

女神見我狼狽，開心得眉開眼笑，接著突然神色一凜，彷彿意識到什麼危機，轉頭看向陳天雲手中的長矛。「米迦勒在這裡，難道你這中國道士手裡握的，竟會是基督教法器？」

「命運之矛。」陳天雲說著，將矛頭平放於左掌掌心上，左掌緩緩握拳。我發現命運之矛的矛頭依然沾有基督大敵的血跡。

女神側過腦袋，冷冷地看著陳天雲割開自己手掌，用熱血與矛頭上的血漬交融。她問：

「你將我視爲邪異？」

「當然。」陳天雲掌心泛出血光，整支命運之矛散發出強烈的血腥氣息。

「所以你打算以邪異的力量對抗邪異？」女神問，「你知道矛頭上的是誰的血？你知道你不只是承繼基督大敵的力量，同時還承繼了他的命運？你知道基督大敵乃是世界上最邪惡的怪物？你還記得希特勒做過什麼事、殺過多少人？」

陳天雲吸收命運之矛的力量，全身綻放妖異血光，猛烈異常，再怎麼看，都已經不再像一名正道之士。他說：「如果能夠活過今晚，我再去處理那些瑣事。」

女神兩手一攤，雙腳微跨，兩股間生殖器官的部位湧出一股貌似柔和，偏偏又比我所見過的一切都還要實際的力量。我知道不管在宗教上還是文學上，是隱喻暗喻還是明喻，這股力量都該是一股創造的象徵，但是我心裡明白，那不是創造，那是渾沌。

地板上的花草急速成長，卻在生命到達頂峰的同時面臨毀滅。我眼前的花朵張開血盆大口，往我的眼珠咬下，不過還沒咬到，就已枯萎渙散。

渾沌。

女神一聲嘆息，彷彿蘊含深沉的悲哀，又好似享受著無限歡愉。她對陳天雲道：「你從

頭到尾就很清楚，自己根本一點勝算都沒有，是吧？」

「我說這麼多，妳就是沒聽懂。」陳天雲開心笑道，「不管有沒有勝算，妳都不是我的神！」

兩股力量相互衝擊，激盪出一股震撼人心的光芒。我在強光前不得不緊閉雙眼，在猛烈的氣息中不得不屏住呼吸。我沒有力氣伸手遮耳，於是耳中滲出兩道血流。我整個身體騰空而起，撞擊身後的牆壁，彷彿沉入一塊巨大的豆腐裡，似乎牆壁本身都失去了實際的存在。大樓坍塌崩毀，一切向下墜落。我順勢翻滾，顏面朝下，眼睜睜地看著下方數根突起的鋼筋對我直撲而來。接著，左邊突然一股大力湧現，將我撞向一旁，避過鋼筋穿體的淒慘命運。我透過眼角，發現自己已被草雉計畫摟在懷中。在渾沌力量的影響下，我依稀可以在機器人冰冷的面罩裡看見愛蓮娜的美麗容顏。

大樓在轉眼間化爲廢墟，愛蓮娜將我壓在地上，用自己的身體承受上方不斷塌落的斷垣殘瓦。一切塵埃落定後，她抖動肩膀，甩落身上的石塊，然後側身坐向旁邊。大樓的屋頂沒了，我看著上方的天空，只覺得比平常的黑夜還要紅上一些，彷彿火光連天。

而在泛紅的背景中，我看見一男一女兩條身影憑空飄浮在三樓的高度。陳天雲四肢軟垂，命運之矛已不在手裡。女神的右手伸過陳天雲的左肩，抓住他的頭髮，將他舉在身前。

女神將陳天雲的腦袋拉到臉前，幾乎貼著他的嘴唇說道：「你很有心，只可惜落得如此下場。人，畢竟不能跟神相比。」

陳天雲擠出一絲微笑，氣若游絲地道：「好好享受這個世界吧。摩根・拉菲。」

女神額頭貼著他的額頭，輕嘆一聲：「你到最後還想要用言語將我貶爲凡人？」

陳天雲點頭。「妳不是我的神。」

「你再也不需要神了。」女神輕輕一甩，將陳天雲的血肉甩往四面八方。轉眼間，他就只剩下一具血淋淋的骸骨。

女神拋開骸骨，面露微笑，低頭向我看來。「米迦勒，我們又見面了。」

我的目光隨著陳天雲的骸骨落地，接著轉回上方，看著女神緩緩從天而降。「我如果見過妳，應該不會忘記。」

「啊，你當然忘記我了。」她說，「從筆世界開創的第一天起，你就不曾讓我感到安寧。當年我好說歹說，不管怎麼說，你就是不肯相信我的說詞。雖然我能了解你爲什麼不肯相信，因爲就算是我，也不會相信什麼給諸神一個宣洩管道的鬼話，但你老是礙手礙腳，實在煩得要命。」

「所以妳就把我變成凡人，失去記憶，丟到現實世界裡？」我問。

「不。你是天使之長，是耶和華手下的頭號打手，我怎麼會有能力把你變成凡人？」女神繼續下降，微笑搖頭。「變成凡人是你自己的主意，天知道你當年腦子裡裝了些什麼。有人說天使離開上帝，就像肌肉離開大腦，我想這種說法是很有道理的。據我所知，天使米迦勒當年顯然是信仰出現疑惑，於是決定拋棄神體，跳脫立場，以凡人的眼光審視整件事。你不確定諸神是否有錯；也不確定上帝是否是對的。你想要擁有自己的看法，而這，米迦勒，就是你錯誤的開始。」

我掙扎著起身，但是手腳無力。愛蓮娜扶我站起。我抬頭看向已經十分接近的女神，說道：「每個人都該擁有自己的看法。」

「錯了。」女神搖頭，「你只是上帝的手腳，負責執行上帝的旨意。你不是獨立的個體，沒有資格自行思考。要知道，上帝是絕對的權威，豈容天使隨意質疑？」

「如果上帝是絕對的權威，」我冷冷說道，「那妳又是在幹什麼？」

「所以你眞的完完全全遺忘了。」女神落在我的面前，全身突然綻放強烈的誘惑氣息，令我不由自主地血脈賁張，下體勃起。她伸手撫摸我的臉頰，那是我這輩子所接觸過最歡愉的一隻手掌。光是看著赤身裸體的她伸手在我臉上一摸，我幾乎當場就要高潮。幸虧她接下來說的話令我全身冷汗湧現，好似懷裡抱著冰。「你跟我是一夥的呀。你背叛了耶和華呀。

不然你以爲你爲什麼要放棄神力，變成凡人？」

「米迦勒背叛耶和華？」我難以置信。

「我就說天使蠢。」女神嬌笑，「雖然費了很多唇舌，但我終究動搖了你的信仰，讓你起心懷疑上帝的權威。你懷念從前深受世人景仰畏懼的年代，不甘如此遭人遺忘，不甘於淪爲小說中的神祕人物，電影裡的特效威權。你想要成爲我們的一員，想要恢復從前的榮耀，偏偏你又沒有那個膽量，下不了那個決心。於是你捨棄神力，淪爲凡人，宣稱要站在人類的角度審視諸神的地位。」

「宣稱？」我問。

「那當然只是表面上的理由。」女神說，「實際上，你是個無能的懦夫，純粹只是想要逃避。你夾在自我的私慾跟上帝的積威之間，無法抉擇，乾脆一走了之。」

「就算我要站在人類角度審視諸神的地位，」我搖頭，「我也沒理由取走我的記憶。」

「你以爲我當初爲什麼要跟你浪費那麼多唇舌？當然是因爲我顧忌你的力量。」女神冷笑。「既然你已經放棄自己的力量，我還有什麼理由不動手幫自己尋點開心？你的記憶，是我奪走的。」

我沉默片刻，冷冷問道：「爲什麼不直接殺我？」

「當年我不能讓耶和華看穿圖謀，必須盡量低調行事。如果殺了你，諸神宣洩神力的說法不攻自破，立刻會引來上帝之怒。」女神說完，輕嘆一聲。「可惜我沒想到，取走你的記憶，竟會招惹麻煩。你忘記自己的立場，在命運的牽引下，再度進入莎翁之筆的世界，並且處處與我作對。我不能殺你，又不能讓你恢復記憶，只好忍氣吞聲，多年來默默看你壞我好事。」她後退一步，將右掌伸在面前，故作姿態地玩弄指甲。「如今大功告成，渾沌降世，我再也不用擔心什麼上帝之怒，自然可以將你彈指擊殺。」

我不禁吞嚥著口水，身體微微後傾。如果我有力氣，一定已經向後退開。但此刻的我，就連後退的力氣也沒有，跟一條躺在沙灘上任人宰割的擱淺鯨魚沒有什麼區別。

女神嘴角揚起，開懷大笑。「耶和華得勢之後，數次派你欺壓我，今日要讓你知道，得罪渾沌女神是什麼下場！」

我無計可施，只能嘴硬。「妳不是我的神！」

女神對付現在的我，根本不必像面對陳天雲時那樣施展渾沌力量。她伸出手掌，向我走來。我閉上雙眼，默默等死。

正當我打算制止愛蓮娜採取任何自殺式的行動時，前方突然多了一股柔和卻又難以忽視的存在。我張開眼睛，看見自己跟女神之間憑空出現一條身影。對方一身白衣，體態輕盈，正是我昨天剛剛認識的希臘女神雅典娜。

女神停止來勢，皺起眉頭，語氣微帶訝異。「雅典娜？」

雅典娜微笑。「摩根・拉菲。」

女神的容貌瞬息萬變，轉眼間換上好幾張面孔，多半是希臘諸神的臉。「妳膽敢干涉此事？」

雅典娜看看她，又回頭看看我，微笑說道：「沒有呀。我只是路過，看到有人打架，心想閒來無事，就進來看看熱鬧。」她說完，走向一旁，撩起裙襬，在一塊大石上翩翩坐下。

「不必理我，你們繼續。」

我跟愛蓮娜還有女神全都轉頭看向她，然後又回頭看向彼此。

女神並不把我放在眼裡，再度轉頭去看雅典娜。「妳說過永不干涉我們的事。」

雅典娜笑道：「我沒有干涉呀，我只是來看熱鬧。」

女神對我伸起手掌，隨即又轉頭看她。「只要有心，我隨時都可以殺妳。」

「我知道啊。」雅典娜說，「我全家人的力量都是妳的後盾，想要跟妳對抗，根本是自尋死路。我不會干涉妳。但妳可也得守信，只要我不干涉妳，妳就不能找我麻煩呀。」

「妳……」

雅典娜輕輕聳肩，隨即朝我的方向攤攤手。「動手吧。要殺米迦勒，現在正是大好機會，錯過了，未必還有第二次。」

女神神色疑惑，斜眼瞪她。「妳到底是來幹什麼的？」

「來見識渾沌女神的手段。」雅典娜的神色轉為嚴肅。「妳自稱渾沌，理應無善無惡，無黑無白，無規無矩，無恩無怨，爲僵硬老化的世界開創一番新氣象。結果呢，妳無法放下宿怨，一降世就開始剷除異己，報仇雪恨。我想提醒妳，我們做神的，最好要名副其實，看重自己的力量做事。妳若無法掌握渾沌的精神，妳就無法掌握渾沌的力量。做事情之前，最好要三思啊。」

女神神色不悅。「照妳這樣說，我不能殺他？」

「能。」雅典娜立刻說，「渾沌降臨大地，妳愛做什麼就做什麼。」她看向我，「我只是認爲妳不該殺他。」

女神搖頭：「留下他是禍根。」

雅典娜也搖頭：「世界是妳的了，妳應該改變從前的想法。」她嘴角上揚，神態輕鬆地道，「對至高無上的絕對強權而言，留下他是樂趣。」

女神冷冷地凝望著雅典娜，語氣冰冷到在我的皮膚都結上了一層白霜。「妳說這些話，就已經是在干涉我了。」

「那妳可以不要聽呀。」雅典娜兩手一攤，「當我今天沒來過。」

女神走到我的面前，高舉手掌，卻不劈下。她瞪視我的雙眼，審視我的內心，片刻過後，將手放上我的肩膀，全身綻放母性的光輝，指背輕輕撫摸我的臉頰。「你沒有任何力量，沒有任何出路。你只是一個凡人。」她側過頭來，露出慈愛的微笑。「去照顧你的女人，去照顧她的父親，同時也讓他們照顧你。」

她後退兩步，神情再度冷淡，目光橫掃過我們三個。「從此不要再讓我見到你們。」

說完之後，她踢開巨石，推倒牆壁，頭也不回地走出廢墟。

ch.6 死裡逃生

女神離開後，我胸口壓力一洩，輕輕放開愛蓮娜，憑藉自己的力量站立。雅典娜笑盈盈地看著我，接著環顧四周，拍拍裙襬，開口說道：「好險，剛剛眞是緊張。」

「緊張？」我側頭看她，「看不出來。」

「她彈指間就能殺我，怎麼會不緊張？」雅典娜說。

「那妳還來挑釁她？」我問，「妳不是說要置身事外嗎？如今她掌握渾沌，居心難測，妳不怕她眞的動手殺妳？」

「再怎麼說，我的家人也都跟她融爲一體。」她說，「我想只要不是太過分，她應該不會對我動手。」

跟雅典娜說完幾句閒話，我心情突然沉重起來，轉頭看向躺在另一邊的陳天雲，一時之間徬徨茫然。雅典娜也沒說話，不知道她在想什麼。如果摩根．拉菲跟她的力量眞的相差那麼懸殊，或許她也跟我一樣感到強烈的無力感。

愛蓮娜突然開口：「台北街頭已經陷入混亂，信義區到處都發生車禍，幾乎每棟大樓都

有火災警報。人們情緒激動，暴力衝突不斷。建議在情況繼續惡化前離開。」

我朝陳天雲的屍體移動，邊走邊道：「莎翁之筆與命運之矛不能就這樣留在這裡。」愛蓮娜說：「你別動，我去找。」說完，開始四下搜尋。我沒有理她，繼續走向陳天雲。這時廢墟角落傳來騷動，似乎有人被埋在底下。我想起剛剛坐在會議室裡的神祇，立刻請愛蓮娜過去幫忙。雅典娜輕輕揮手，幾噸重的碎磚水泥憑空浮起，失去神力的諸神紛紛爬了出來。

四條手臂的男子鼻青臉腫，不過看來並沒有大礙。他對雅典娜說：「雅典娜，妳來救我們了。」

雅典娜無奈搖頭。「可惜來遲了一步。」她環顧四周，皺起眉頭。「一個也沒少？」眾神相互對望。四臂男清點神數，片刻過後說道：「一個也沒少，連重傷的都沒有。」

雅典娜神色疑惑。「不要會錯意了，我很高興你們都沒事。只不過……」她比向周遭廢墟。「你們全都失去神力，淪爲凡人，怎麼可能一個都沒被壓死？」

所有的神你看看我，我看看你，神色茫然，沒有頭緒。最後他們全都將目光停留在陳天雲的骸骨身上。

我站在骸骨前，看著只剩下幾塊小碎肉連在上面的天雲眞人，腦中始終迴盪著他死前的景象，以及那句：「妳不是我的神。」

「是他救了我們？」四臂男說。

「他對付摩根·拉菲，連保命都來不及，有什麼理由還要顧及我們？」蛇髮女妖說。

「陳天雲死了，而你們還活著。」雅典娜說，「接下來你們要何去何從？」

眾神沉默。最後四臂男說：「覆水難收。既然我們都已變成凡人，那就以凡人的身分繼續走下去吧。世界回歸渾沌，一切都是未知數。能活多久，誰也說不準。但是不管再怎麼茫然無依，能夠活著，就是希望。不是嗎？」

「講得好像你花了很多時間在思考這件事。」雅典娜笑道，「我可以幫助各位整成人形，這樣要融入人類社會比較輕鬆。需要嗎？」

四臂男想了想，緩緩搖頭。「不用了。我寧願以我的原始形象面對我的末日。我或許不再是神，但我依然是我。」他開始朝剛剛摩根·拉菲離開時所撞出的大洞前進，其他眾神遲疑片刻，也跟著離去。來到洞口時，四臂男回過頭來，對雅典娜說道：「抱歉，幫不上忙，雅典娜。如今古老諸神唯一還保有自我初衷的，就只剩下妳了。妳的作爲將會決定歷史對於我們的評價，希望妳好自爲之。」

雅典娜微笑點頭。「對我有點信心吧。」

眾神離開現場。

愛蓮娜來到我面前，兩手各持半截命運之矛。

「命運之矛找回來了；莎翁之筆不知所蹤。」

我半跪而下，伸手在陳天雲骸骨上破爛衣衫的口袋中摸索，莎翁之筆不在其中。

雅典娜也走過來。「我感受不到筆中魔力，應該是摩根．拉菲隨手拿走了。」她說。

我站起身來，凝望陳天雲片刻，緩緩搖頭。「可惜一個好人，就這麼死於非命。」

「死的好人可多了。」愛蓮娜說，「我們應該盡快離開這裡，從長計議。」

「計議什麼？」我說。我不知道這時候說這種話有什麼用處，但我真的忍不住不說。「渾沌降世，女神回歸。我失去了莎翁之筆，失去了所有力量，現在的我形同廢人。即便不是廢人，我也失去所有線索，沒有半點頭緒。妳倒是教教我，該如何阻止那種怪物？」

「一步一步來。」愛蓮娜說，「當務之急，先離開這裡。」她說著，過來扶我。我很想甩開她，但又覺得這樣做很孩子氣。幸好她攙起我的手臂之後，沒有立刻動作。我看看愛蓮娜，看看牆上的大洞，一時之間不知該如何是好。最後，我轉向雅典娜。

「幫我。」我說。

雅典娜輕嘆一聲。「我不能幫，也無能爲力。」

「我看得出來，妳不願意干涉此事，並不是因爲妳膽小怕事。」我說。

「沒錯，是因爲我選擇不要干涉此事。」她說，「但是我說我無能爲力，也是事實。」

我閉上雙眼，任由無力感席捲全身。

雅典娜嫣然一笑，那笑容彷彿在我體內灌注了一股無形的力氣。「記得我說過你是救世主嗎？拯救世界，非你不可。」

「但是我已經失去力量。」我說。

「那就找回你的力量。」她說。

「找回來又怎麼樣？我連陳天雲都打不過……」

她搖頭。「我是說，找回你眞正的力量。」

我愣愣地看她，無言以對。

她與我沉默片刻，嘆氣說道：「即使到了現在，你還是無法接受自己是米迦勒這個事實？」

我張口欲言，直覺地想要跟她說我可以接受這個事實，但是沒有說出口。片刻過後，我說：「我要怎麼接受那種事實？就算我斬釘截鐵地告訴自己我就是米迦勒，那又代表什麼？我一點也不記得關於他的事情。我不記得天使力量是什麼感覺。我沒有看過光環，沒有印象

羽翼，我甚至連對上帝的信仰都不夠堅定。米迦勒對我來說，只是一個聖經神話中的名詞。相信我是米迦勒，並不能改變任何事。」

她默默地看著我，許久才面無表情地說道：「你認爲我該將希望寄託在另一個救世主身上？」

「或許那樣比較好。」我無力地說道，「我想要幫忙。我想要拯救世界。但如今我眞的不知道還能怎麼做。」

她緩緩點頭。「好，那你去請他出面吧。」

我瞪大眼睛。「呃？」

「去找約翰．歐德。」雅典娜說，「去當著他的面，跟他說救世主你做不來，告訴他你必須把世界的命運託付給他，請他出面拯救世界。」

「爲什麼要我去？」我問。

「因爲你是救世主。」她說。

「妳可不可以不要再講這種似是而非、高深莫測的話？」

「不想聽？簡單。」雅典娜的身體開始模糊。「別再跟我說話就好了。」

「妳眞的就這麼一走了之？」我連忙問道。

「置身事外才是關鍵。」雅典娜說。

「都什麼時候了還置身事外？」我大叫。雅典娜完全消失。我叫得更大聲：「逃哇！繼續逃避呀！我看妳還能逃避多久！遇上事情就撒手不管，你們這種神活該消失！」我伸手向上，仰天怒吼：「聽見沒有？遇上事情就撒手不管，你們這種神活該消失！啊！啊！啊！」

我一直叫，一直吼，直到聲音嘶啞，叫不出聲爲止。愛蓮娜輕輕拍著我的肩膀，凝視我的臉。「傑克，」她緩緩問道，「你是否需要親眼看見上帝，才能坦然接受自己的身分？」

我轉頭看她，在她冰冷的眼眶中看見生命的光芒。「不只，我需要看見祂在乎。」我說，眼中流下兩行淚水。「如果祂是我的神，我需要看見祂在乎我的世界。」

愛蓮娜將我擁入冰冷的懷中，任由我哭泣片刻，等我稍微冷靜之後，伸出手指擦拭我的淚水。「你要去找約翰・歐德嗎？」

我嘆氣。「要。」

「你知道，雅典娜要你去找他，應該只是爲了給你一個繼續走下去的目標？」愛蓮娜說，「她還是認定你是救世主。」

「我知道。」我說，開始朝大洞前進。「我也只是不爽嚷嚷而已，發洩完就爽了。不管是不是米迦勒，我從來沒有懷疑過我是救世主。我不可能放心把世界交給約翰・歐德那種神祕人物去救，就像我從來沒有把希望寄託在陳天雲身上一樣。我會拯救世界的，我只需要想出方法就行了。」我步出大洞，看著洞外的景象，隨即愣在原地。「不過，首先……」我說，「我們得想辦法逃出生天。」

如今渾沌的威力在我眼前一覽無遺，整個信義區到處都是大火，馬路上各式車輛撞成一團，死傷無數，還站得起來的人，下車後立刻生死相拚，車上的鋼甲武士鎖、簽名球棒全部出籠。街上行人也是衝突不斷，相互毆打，身上的堅硬物品全都拿出來當作武器。天上雷聲隆隆，閃電四起，隨時都有路人遭受天打雷劈。我正愣著，突然轟然一聲巨響，接著是一股強烈的氣流衝擊。我連忙轉頭，當場看得下巴都要掉下來。只見一架民航客機撞上台北一〇一，飛機前半部插入大樓，機尾跟右翼以及可憐的乘客正墜落地面。一〇一濃煙遮天，搖搖欲墜，我暗自祈禱裡面的人們能夠及時逃生。

「嘶！」耳機裡傳來雜音，「傑克，你們沒事嗎？」

「沒事。」我說，「你們呢？」

「我們車位旁邊的大樓倒了，我們必須把車開到幾條街口之外才能轉回來……」

旁邊突然傳來一個男性叫聲。「有人出來了！一定是剛剛那些妖怪的同夥！」

我皺起眉頭，朝聲音來源看去，只見對街有一群刺龍刺虎、穿金戴銀的黑道人士，一副凶神惡煞的模樣朝我們走來。我和愛蓮娜互看一眼，接著耳中傳來她的聲音：「看後面。」我往後面一看，只見看不見的建築已淪爲一片若隱若現的廢墟，不時冒出奇特的光芒，怎麼看都像妖怪的巢穴。

「妳把通訊轉到耳機了？」我說。

「節省能源。草雉計畫能源即將耗盡。」愛蓮娜說，「估計還能運作三分二十一秒。」

黑道人物情緒激動，轉眼將我們團團圍住，有的手裡已經多了明晃晃的西瓜刀，我以爲只有在香港電影裡面才會看到的西瓜刀。

「這是什麼怪物？好像機器人！」「四條手臂的就算了，牛頭馬面也就算了，居然還有機器的？」「台北大亂，就是這些妖怪作祟！」「幹！死阿斗仔！妖怪還有進口的！」「操你媽！什麼機器妖怪，八成是ＭＩＣ，山寨貨！」「講那麼多，幹掉他們！」

愛蓮娜一腳踏出，紅磚道上的紅磚當場被她踏破四片。眾黑道們愣了愣，隨即一聲發喊，一擁而上。我退到愛蓮娜身後，一手伸入外勤袋中，握住我的手槍，一手抵住耳機。

「情況危急，盡快趕來！我們需要瑪莉的好運！」

一名大哥對我橫刀劈來。正常情況下，我只要輕輕踏步就能避過，但是此刻我全身虛脫，每個動作都要耗費極大的體力。我看準時機，及時縮頭，刀鋒距離我的喉嚨不過數公分之遙。我嚇出一身冷汗，連忙拔出手槍。但是槍身沉重，我竟一時無力舉起。大哥大叫一聲，再度撲來，不過撲到一半就被愛蓮娜踢中腹部，整個人騰空而起，落在馬路中央。要不是此刻交通癱瘓，只怕已經被壓成肉醬。

「你往街尾移動，我盡量牽制他們。」愛蓮娜說。儘管草雉計畫動如脫兔，以一當十，但是她講話的語氣依然冰冷。通常這種叫我先走的要求，我都會直接當作沒有聽見。但此時此刻，我就算不走也幫不上忙。我看了她幾秒鐘，只見她拳打腳踢，雖看不出任何拳術架式，但攻守之間極具效率，既不拖泥帶水，也不虛耗能量，顯然是爲了善用體內僅存的能量所採取的打法。「一分十五秒，建議你快點離開。」

我開始朝街尾退走。還沒退出幾步，黑道暴民已經有人叫囂：「那傢伙想逃！」「沒效啦！」「幹！給他死！」

其中兩人繞向兩旁，脫離愛蓮娜的攻擊範圍，對我直奔而來。我深吸一口氣，兩手握槍，使勁舉在身前，槍口直指對方，擺出一副專業架式。

「我操！用槍算什麼妖怪？」對方受到渾沌影響，行爲舉止毫不謹愼。就看他扯下脖子上的金鍊條朝我的槍口狠狠甩來。我皺起眉頭，槍口微晃，閃過鍊條，但接著我卻遲疑片刻。我大可以扣下扳機，一槍擊斃對方，不過對方深受渾沌影響，並非眞的十惡不赦，我是不是眞的應該取他性命？

「妖怪，受死吧！」

一個聲音自我耳朵另一邊傳來。我心下大驚，連忙轉身，只見另一名暴民已經站在我的身邊，手持一把手槍，直抵我的額頭。我心下一涼，以爲就此完蛋。對方冷笑一聲，毫不遲疑地扣下扳機。就聽見喀嚓聲響，子彈並未擊發。我深吸一口氣，心下不再遲疑，揚起手槍就要開槍，結果突然喉嚨一緊，已經被身後的暴民以金鍊條纏住脖子。對方手中使勁，我無力與之抗衡，當場向後跌倒。暴民一擁而上，對我拳打腳踢。

我雙手抱頭，身體蜷曲，除了挨打什麼事也不能做。我透過暴民起起落落的小腿看向旁邊，只見愛蓮娜癱倒在地，毫無動靜，顯然能源已耗盡。耳中保羅直說他快到了，叫我再撐一會兒，但如今命懸人手，動彈不得，天知道我該如何硬撐。眾人毆打片刻，意猶未盡，不過卻被剛剛對我開槍的男人喝止。暴民分站兩旁，領頭的男人雙腳跨在我身上，彎腰撿起我的手槍。

「阿斗仔，」男人面目猙獰，「我的槍沒把你打死，用你的槍總可以了吧？」

我咳嗽一聲，吐出一口鮮血，喘氣說道：「我明明是人，你們卻硬要說我是妖怪。這不過就是要找個理由動手殺人罷了。」

「死阿斗仔國語倒挺溜的！」男人槍口對準我，「你要是會說台語，我就當你是愛台灣，不殺你。怎麼樣，會不會說？」

我又吐一口血。「不會。」

「那你就去死吧！」

男人扣下扳機，就看到火光大作，轟然巨響，我的手槍當場膛炸，將他右手炸得血肉模糊。男人難以置信，看著血淋淋的右手，愣了半天沒有吭聲。接著，他轉向周遭手下，大聲吼道：「給我殺了他！」

其他人舉起各式武器紛紛對我揮下。就在此時，路上傳來緊急煞車的尖銳聲響，接著是一陣響亮的槍聲。我轉頭去看，只見廂型車終於抵達，保羅自駕駛座探出頭來，手握一把衝鋒槍，槍口指向我們。

「放開他，不然我就開槍。」保羅叫道。

眾人互相對望，交換神色，最後一聲發喊，繼續對我出手。

「瑪莉！」保羅大叫。

就聽見嘩啦一聲，天上掉下來一塊招牌，當場將我腳邊的男人壓成肉醬。接著是街尾撞擊聲響，一支路燈破風而來，將另外一名男子穿胸而過，釘上工地鐵皮。平地雷聲四起，電光霍霍，瞬間劈死兩名暴民。膛炸的老大嚇慌了，身體往後跌倒，落地時剛剛不擊發的手槍突然走火，將其下體打出一條血洞。最後兩個男人的武器無端落地，一人出手抓頭，一人伸手抱胸，接著同時倒地，兩腳一伸，再也不動，應該是突然間腦瘤爆炸或是心臟病發。

轉眼間，毆打我們的暴民全數死在瑪莉的「好運」之下。

保羅跟瑪莉開門下車，緩緩朝我走來，不過兩人都有點目瞪口呆地看著眼前的慘狀。數秒後，瑪莉跑過來扶我，保羅則朝草雉計畫走去。我在瑪莉的攙扶之下起身，一步步走向廂型車，她先爬上副駕駛座，然後把我拉上車，緊緊擁抱著我，跟我一起擠在副駕駛座上。

接著，我看到保羅將草雉計畫扛在肩上，臉不紅氣不喘地走過我們面前，打開後車門，將機器人放至定位。隨後坐上駕駛座，關上車門。

我看著他調整看不出用途的儀表，張口說道：「力氣不小嘛。」

他說：「還好，聖人神力。」

瑪莉說：「你先幫他治療吧。」

保羅觸碰我的額頭，搖頭說：「皮外傷不是問題，但他主要的麻煩在於精力耗盡，需要時間休息才能復原。」

車子開動，經過剛剛黑道人物的慘死現場，我們三個都忍不住多看了幾眼。片刻過後，

我說：「下次你直接開槍就好，不要再讓瑪莉出手。這樣對壞人來講比較仁慈。」

「我是聖人啊。」

我們穿越恐怖混亂的台北街頭，試圖尋找一個安全的藏身之地。

□

我靠著瑪莉的肩膀，迷糊中隱約意識到外界的狀況。市區內喧囂不斷，除了各式各樣人類所發出的聲音及衝撞爆破的聲響，還有天搖地動，風嘯雷鳴，簡直沒有片刻安靜。保羅與瑪莉商議後，決定先往人少的地方前進。車子顛簸不已，偶爾還會直接撞開前方的障礙物，或是騰空片刻，接著重重落地。雖然心知不能如此相比，但是這段旅程讓我想起在末日宇宙大黑洞裡衝向宇宙核心的經歷。

離開鬧區，開上山道後，我們終於發現沒有任何地方是安全的。我們避開地面裂縫，閃開巨大落石，停車推開斷樹（感謝聖人神力），途中還好幾次差點被雷劈中（感謝瑪莉好運）。試圖搭便車的人們，在發現我們不願停之後，紛紛拿石頭砸車。就連聚集在山道上的野狗都跟在車後追逐半天，花了好大的工夫才甩開牠們。

「這是哪座山？」我睜眼問道。

「碧山。」保羅答。

碧山我熟。多年前我就是在碧山上與阿齊阿里一戰。這時，窗外傳來一陣繩索斷裂、木材墜入深谷的聲響。我轉過頭去，就著林間火光與車燈隱約看見一座斷掉的吊橋。我上次來台灣時，這座山上還沒有這吊橋。後來聽說新建了吊橋，我還想過有機會再來台灣時，要上來看看，想不到還沒看到，橋就已經斷了。

「我們要去哪裡？」我問。

「快到了，上面有座露營區。」保羅說，「我們先去管理處看看是否有帳篷可用。這種情況下，天知道屋頂什麼時候會坍，還是住帳篷穩當點。」

我們又轉了幾個彎道，開過一處坍了一半的險路，來到碧山露營區外。保羅將車子停在露營區再過去一點的平坦路面，然後把我留在車上，跟瑪莉一起下車研究附近狀況。我全身虛脫，靠在椅背上，將車窗搖下，愣愣地看著窗外。這個位置可以看見部分台北夜景，如今台北上空濃煙凝聚，烏雲密布，雷電閃耀，星月無光。城市本身遭到四起的火焰染紅，遠遠一看，彷彿充滿血腥色彩。我嘆了口氣，閉上雙眼，試圖休息，但是思緒紊亂，根本不知道該從何休息起。接著，我想到自從愛蓮娜在打鬥中躺平之後，就一直沒有聽見她的聲音，於

是我輕點耳機，張口問道：「愛蓮娜？妳還在嗎？」

「在。」愛蓮娜在一陣電磁雜音中說道，「全球的通訊訊號都不穩定，我花了點時間才排除通訊障礙。」

她說完後就再度沉寂。我等了一會兒，見她沒回應，問道：「妳在忙？」

「有點。」她說，「紐約的狀況比台北還亂，這跟紐約市民擁有的槍枝比台北市民多很多有關。我已經擊退兩波試圖佔領凱普雷特的暴民，但外面還是不斷有暴民集結，我不知道安全系統還能抵擋多久。」

「我們不是掛了『外出釣魚』的牌子嗎？」我問，「佔領凱普雷特幹嘛？」

「顯然有些你的老顧客不滿意你外出釣魚，想闖進來自己調酒。」愛蓮娜說，「現在只要有一點不滿，就會成爲衝突的導火線。傑克，世界大亂了。如今從各方面的分析數據來看，整個地球都處於極端不穩定的狀況，跟幾個小時前簡直不是同一個世界。我不光是指人類與動物的心理狀態，還包括了地表與大氣層內各方面的自然活動。照這種情況發展下去，過不了多久，地球就會分崩離析。」

「這麼嚴重？」

「可惡！」

「怎麼了？」

「核爆。」愛蓮娜說，「東南方市郊。布魯克林完全位於爆炸半徑內……華爾街遭受波及，美國的金融體系……」

她說到這裡，突然斷絕通訊。我連忙問道：「又怎麼了？」

一陣雜音過後，愛蓮娜的聲音傳來。「紐約大停電。」愛蓮娜說，「系統切換至備用發電機。市區警戒層級提升，市長已宣布宵禁戒嚴，附近軍事基地部隊展開了進駐行動……」

「妳應該準備撤離了。」我說。

「保羅在台北架設的備用系統沒有回應。安全屋的監視器完全失效。」愛蓮娜說，「根據衛星畫面顯示，你們在內湖的安全屋已付之一炬，我沒有辦法撤入內湖。」

「草雉計畫呢？」

「人工智慧原形晶片尚未完成，還是只能用遙控方式控制它。」愛蓮娜說，「凱普雷特是我們僅存的情資基地，我盡量在這裡堅持到最後一刻。依照我的估計，只要沒有再發生核爆之類的大規模毀滅事件，我應該可以繼續支撐二十三個小時，正負五分鐘。」

「這是靠什麼資料推估出來的時間呀？」我問，不過也不是眞的想要知道答案。

「我會持續監視全球狀況。你們最好能盡快擬定行動計畫。若不盡快拯救世界……傑克！」

「幹嘛？」

「土石流！」

我聽見一陣轟隆聲響，立刻轉頭，還沒看清楚狀況，窗外已湧入大量土石。我直覺要關車窗，但這時候做這種事根本於事無補。土石持續傾入，轉眼將我的雙腳都埋入土中。廂型車開始平移，劇烈晃動，接著整個朝側面翻倒。我掙扎著改變方向，但因爲車內土石過多，難以移動。這時車窗龜裂，連帶擋風玻璃也化爲碎片，在我身上增添了多處割傷。土石壓了下來，我整個人幾乎窒息。車輛持續翻滾，移動到山道邊緣，順著土石滑落山坡。我感到自己急墜而下，還來不及心驚，車子又撞上樹木，順勢迴旋。我左撞右甩，前翻後滾，可供活動的空間越來越狹小，最後終於眼前一黑，完全被埋在土裡。車子繼續移動片刻，四周漸漸安靜下來，數秒後，一切回歸寧靜。我被緊緊壓在土裡，就連上下左右都無法分辨。

我緩緩吸氣，卻感到土礫陷入鼻孔。這時，我終於慌到失控邊緣。我很想大吼大叫，儘管知道一旦開口，我可能會就此被土石噎死。當時，我腦中完全只想到一個「死」字，心中只剩下求生的本能，眼前的絕對漆黑中開始浮現飛舞的紅點幻覺。「**我死了。**」我想，「**一切就在這裡畫下句點，我再也不需要拯救什麼世界了！**」

說實在的，那是一種放下心中大石的感覺，長久以來第一次胸口舒暢，毫不鬱悶，沒有了有事還沒做完的壓力。我解脫了。

接著，我的手突然抽動，竟然就這麼破土而出。清新的空氣吹散滿嘴土味，我又自鬼門關前爬了回來。我推開手邊的土石，奮力爬出車外。黑夜山區，視線不及遠，我看不清楚這片土石山坡有多陡峭，卻看得出廂型車始終保持在土石流表面，沒有遭受土石流吞噬。

我眞是個幸運的渾球。

上方數十公尺處傳來手電筒的光線。我聽見保羅和瑪莉氣急敗壞地叫喚著我的名字。我張口招呼，隨即取出手機，開啓手電筒應用程式，以純白色的手機螢幕告知他們我的位置。保羅叫我不要輕舉妄動，等他回露營區管理處找尋繩子回來救援。瑪莉站在山坡上，拿著手電筒一直照我，試圖藉以提供慰藉。我輕輕癱坐在土石上，深怕動作一大又造成流動。我大口喘氣，看著半埋在土中的廂型車，心裡突然浮現一股很不對勁的感覺。到底是哪裡不對勁，一時之間也說不上來，但我就是覺得事有蹊蹺。

接著，我心有所感，抬起頭來，赫然發現天空有一點火光，正迅速朝我疾竄而來。瑪莉才剛開始尖叫，火光已近在眼前，速度之快，根本讓人無法反應。我只感覺熱風撲面，氣爲之塞，整個人彷彿要被壓入地底。就在我以爲自己要被什麼流星擊穿腦袋時，火光突然熄滅，消失得無影無蹤。我看著眼前空無一物的天空，回頭看看地下的黃土，什麼也沒有，彷彿剛剛什麼事都沒發生。

「傑克！」瑪莉叫道。

「我沒事！」我說，「妳有看到那是什麼嗎？」

「好像是流星。」瑪莉回答，「我以爲會打到你……」

「是呀。」我愣愣地說道，「我也這麼以爲。」

保羅衝回來。「怎麼了？剛剛叫什麼？」

「有流星。」瑪莉說。

「有必要叫成那樣嗎？」保羅鬆了一口氣，「許了什麼願？」

「不要打到我。」我說。

他們甩下繩索，齊心合力拉我上去。接著我們聯絡愛蓮娜，請她利用剛剛在車上所充的一點點電力爬出車外，然後抓緊繩索。我們三人又齊心合力把草雉計畫給拖上來（雖然我根本沒什麼力可出）。弄完後，我跟瑪莉都滿身大汗，癱坐在地，只剩下保羅還有力氣回露營區打理帳篷。帳篷弄好後，我們來到營地休息。保羅將草雉計畫搬到帳篷旁放好，看著冰冷的機器人直搖頭。

「這下車沒了，充電裝置也沒了。」他語氣無奈，「這麼重的一台機器人，要怎麼運下山可是個問題。」

「那種問題等我們準備下山時再說吧？」瑪莉瞪了他一眼。「眼前還有很多更重要的事需要煩惱。」

「我看都等明天再煩吧？」保羅說，「夜深了，大家都累了，先休息比較好。」

「你睡得著？」瑪莉問。

保羅遲疑片刻，說道：「不睡睡看怎麼知道？」

「我知道我一定睡不著。」瑪莉說。

「到底是什麼事這麼煩？」保羅問。

「剛剛那群慘死的混混。」瑪莉答，「想到他們，我就非常不安。」

保羅走到她的身邊坐下，伸手摟住她的肩膀。「剛剛的情況，不是他們，就是傑克。妳不需要感到自責。」

「我說不安，不是自責。」瑪莉搖頭道，「他們……死得眞慘，不是嗎？」

「是……是呀？」保羅回應，不知道她提這個是什麼意思。

「不但慘，而且人數眾多，分作不同死法，全部在瞬間斃命。」瑪莉說，「那感覺就像

是……我是說，以前沒有這麼……似乎我的能力變得……」

「更強大？」保羅說。

「強大到令我害怕。」瑪莉伸手捏著額頭兩側，神色苦惱。「你覺得會不會是因爲……因爲她進入眞實世界的關係，導致我的能力出現變化？」

我皺起眉頭，心中再度浮現不對勁的感覺。我試圖思索瑪莉煩惱的問題，但注意力始終無法集中。我心裡也有屬於自己的困惑。

「這種問題單憑空想是不會有答案的。」保羅說。

「還有剛剛。」瑪莉自顧自地說道，「剛剛那顆流星，我看到它劃下來也不過是一眨眼的時間。通常這麼短暫的本能反應時間，只足夠我用以自保，也就是說，如果那顆流星是衝著我而來，在打到我之前突然燒光，並不會讓我感到奇怪。但是在剛剛那種情況下，我根本沒有時間把好運擴及到傑克身上……」

我拉開外勤袋的拉鍊，取出黏在內袋側面的備用手槍。我將手槍拿在眼前，愣愣地看著，一言不發。保羅跟瑪莉不知道我在幹嘛，兩人都轉過頭來凝視我。

沉思片刻之後，我皺眉說道：「或許隕石燒光並不是因爲瑪莉的好運氣？」我微舉槍頭，比向土石流的方向。「就像土石流沒有把我活埋一樣？」

保羅跟瑪莉互看一眼，接著同時說道：「你在說什麼？」

我回想之前的狀況：「今晚打從陳天雲身亡以來，我死裡逃生了幾次？」

保羅攤手，瑪莉聳肩。他們不了解我的困惑。

「隱形大樓在陳天雲與女神激戰時坍塌，我沒有被壓死，就跟那群過氣神祇一樣。後來在大樓外面被混混圍毆，雖然最後是靠瑪莉的好運脫困，但是圍毆過程中就已經發生子彈不擊發以及膛炸等狀況，真要說起來，剛剛我能從那裡活著回來，還真是一項奇蹟。」我說。

「加上土石流跟那顆流星……」我說著，又低頭看看槍。

「你的意思是說……」瑪莉緩緩問道，「你也擁有好運氣了？」

我慢慢搖頭。「我的意思是……冥冥之中彷彿有股力量……不希望我死。」

這種說法十分微妙，在我們現在的情況下，可以代表許多可能。我們沉默片刻，一時沒人說話，最後保羅開口問道：「你拿那把槍是什麼意思？」

我看著槍，吸了一口氣，低聲說道：「我在考慮是不是該證明一下我的想法。」

「你在開什麼玩笑？」瑪莉立刻說道。

「這種事不需要刻意去證明。」保羅也說，「再多發生個幾次死裡逃生的狀況，就不證自明了。」

「不。」我搖頭，「我認爲證明這件事很重要。這麼做代表了一種關鍵性的宣告。」

「你到底在說什麼？」瑪莉大聲說道，「你拿自己的性命當賭注，到底能證明什麼？」

「證明陳天雲沒有白白犧牲。」我說，「證明我對他的看法正確，證明他不是個莽夫。」

兩人皺眉看我，無言以對。

「陳天雲做了這麼多事。事實證明，不管在機智或實力方面，他都遠勝於我。他有什麼理由大費周章，甚至不惜把女神拉入現實，只爲了憑藉一把命運之矛跟她一決死戰？你們不覺得太牽強了嗎？」

瑪莉一攤手：「狗急了也會跳牆。人被逼急了難免衝動。」

我只是搖頭。

「我認爲你說得不無道理。」保羅伸手撫摸下巴，邊想邊道，「莎翁之筆與命運之矛落在他手中已有一段時間，但是他直到今天才出面召喚女神。」

我點頭。「他獵捕神祇已有半年，剛剛還徹底取走我的力量。但是我並未感應到他有拿我或是諸神的力量去開啓門戶，或是對抗女神。偏偏在他取走我的力量之後，就只有做這兩件事情……至少就我們跟女神所見，他只有做這兩件事。我們的力量……到底被用到什麼地方去了？」

保羅跟瑪莉疑惑地看著我。保羅問道：「你有什麼想法？」

「隱形大樓坍塌，但是諸神毫髮無傷。當時我們就懷疑是陳天雲在暗中守護。如果眞的是他，那他爲什麼要這麼做？我不知道他的理由，也不知道他是怎麼辦到的，但我認爲他一定還留了一手。他不會只是想跟女神比拚蠻力那麼簡單。」

保羅沉思片刻，緩緩說道：「所以……你認爲他在守護你？」

我取下彈匣，檢視子彈。「只有一個方法可以證實。」

瑪莉大搖其頭。「就算奇蹟出現，你扣下扳機，子彈卻沒有擊發，你又期待會發生什麼事？」

我將彈匣裝回槍柄。「會有事發生。」

他們齊聲問道：「你怎麼知道？」

「我是救世主。」我將槍口抵在太陽穴上，「當我說出這種似是而非、模稜兩可的言語時，你們一定要相信背後隱藏著無比的智慧。」

我屏住呼吸，扣下扳機。

子彈沒有擊發。

我長長吁了一口氣，看向兩個夥伴。瑪莉雙掌遮口，臉色發白。保羅冷冷地凝視著我，

額頭上滲出點點汗珠。

四周氣息一沉，本來黯淡無光的營地，彷彿變得更加陰暗。我們正襟危坐，四下打量，一時之間什麼也看不出來。

愛蓮娜開啓任務頻道。「傑克，一個微形奇異點剛剛出現，有條蟲洞在你們營地附近凝聚成形。」

保羅皺眉：「有沒有那麼科幻？」

「是傳送法術。」我語調冷靜，「有人來了。」

一股氣息突然四下流竄，濃密的黑暗頓時煙消雲散。我們東張西望，尋找來人的蹤跡。數秒過後，我聽見一聲鳥鳴，抬頭望去，只見枝頭站著一隻飛燕，側著腦袋打量我們。

我嘴角上揚，露出會心的一笑。

瑪莉與保羅順著我的目光望向枝頭，瑪莉說：「你認得那隻燕子？」

我點頭：「她是天地戰警的人，我以前的朋友。」

燕子躍下枝頭，展翅滑翔，遁入樹後的黑影中。接著黑影內傳來騷動，隱約可見白色羅衫逐漸清晰、逐漸實際，最後，一條婀娜多姿的身影來到營地間，正是我從下飛機以來就試圖躲避的燕子精兼前女友，天地戰警情報主管，李雙燕小姐。

瑪莉湊到我的身後，低聲問道：「只是以前的朋友？」

我的背心流下一條冷汗，但是臉上不動聲色，只是跟瑪莉輕輕點頭，然後對雙燕說道：「雙燕。」

雙燕打量我們三人，環顧營地四周，以專業的動作與冰冷的語氣招呼道：「曉書。」

「你怎麼知道我們的位置？」我問，「天地戰警在監視我們嗎？」其實多年後再度重逢，我想問雙燕的第一句話絕對不是這個。但是在瑪莉面前，我還能說什麼？

「陳天雲死了，新氣象計畫由我接手。」雙燕冷冷地說道，「當前我們主要的監視目標

一共有三十六個。」

「我跟……？」我問。

「三十五名遠古諸神。」

我揚眉：「爲什麼？」

雙燕沒有回答，轉移話題問道：「命運之矛在你這裡？」

我點頭。

「這裡不是說話的地方。」雙燕說，「跟我回天地戰警。」

她自口袋取出一張符咒，揑個咒訣，起火燒了，將符咒灰燼往前方一撒，當地中央當場冒出一股濃煙。她說聲：「跟我來。」隨即步入濃煙，身形逐漸虛無縹緲。

我對夥伴聳聳肩，踏入濃煙，瑪莉立刻跟上，保羅遲疑片刻，也扛起草雉計畫，跟著走了過來。雙燕右手輕揮，我們當場煙消雲散。

再度腳踏實地時，我發現我們出現在燈光陰暗的高科技石造辦公建築中。四周人來人往，忙碌喧囂，比我印象中的天地戰警要熱鬧許多。只不過，除非他們曾進行過大規模的改建工程，不然這裡絕對不是我曾經到過的天地戰警總部。

「你們搬家了？」我問，「這裡不是陽明山？」

雙燕搖頭。

「我們在哪？」我又問。

「你沒必要知道。」她說，然後舉步就走。我們三人立刻跟上。

「妳不相信我？」

「你任由陳天雲死去，我爲什麼要相信你？」她冷冷地說道。

「這樣講不公平。」我說。

「我愛怎麼想是我的事。」

保羅與瑪莉不諳中文，聽不懂我們在講什麼，所以都是由我翻譯。這幾句話我沒有立刻翻譯，不過瑪莉聽出語氣不對，問道：「怎麼了？」我搖頭，一時不好解釋，只說：「看看再說。」

「我可以提供即時口譯。」愛蓮娜在耳機中說話。「開啓口譯頻道。」

雙燕帶我們來到一間小型簡報室，請我們坐下，接著馬上有人拿了一疊報告過來找她。她聽取報告，簽署文件，神色堅定中帶點疲憊，舉手投足間充滿強勢氣息，與我印象中的雙燕大不相同。短短幾年間，她已判若兩人，整個人充滿自信，彷彿……找到了人生值得奮鬥的目標。看到她擺脫過去，我很爲她感到高興。

「把這份情資轉發給美國國安局，副本一份給梵蒂岡情報局。」雙燕交代道，「我們人手不足，國外的事暫時交給他們自行解決，如果他們需要援助，再跟我們另行協調。」她簽完文件，交回下屬手中，說道：「等我一下。」然後轉向簡報室內。

「曉書，」她說著，伸出右手，攤開手掌。「命運之矛。」

我凝視她，臉色疑惑。「妳拿去幹嘛？」

「分析。」她簡短說道，也不多加解釋。

我緊皺眉頭，拉開外勤袋，取出命運之矛的矛頭。「妳繼續這種不信任的態度，對我們雙方都沒好處。事情到了這個地步，全世界的安危岌岌可危，我們應該開誠布公，不該有所隱瞞。」說完，我走到門口，將命運之矛交給她。

雙燕接過長矛，冷冷地看我，隨即輕輕點頭，將矛遞給手下。「交給科技部分析。」她吩咐道，然後關上簡報室大門，比手勢叫我坐下。

她看著我坐下，神情若有所思，目光始終停留在我臉上。最後她搖搖頭，比向瑪莉和保羅。「你朋友？」

我介紹：「這位是瑪莉，我女朋友。這是保羅，她老爸，同時也是跟我合作多年的情資分析師。」接著轉頭對保羅和瑪莉道：「這位是李雙燕小姐，天地戰警的情報主管。」

瑪莉微笑地打量對方，看不出是否有什麼不好的聯想。保羅似笑非笑，彷彿有點幸災樂禍。我很久以前曾向他提過雙燕的事，如今我非常後悔跟他提過這件事。我敢說世上諸多智慧語中，肯定存在著一句：「永遠不要追求好朋友的女兒。」可惜我不愛看智慧語。

雙燕跟兩人點頭招呼，又指著自己的耳朵問道：「那任務頻道裡的人呢？」

「那是愛蓮娜，」我說，「來自未來的人工智慧，最頂尖的情報分析師兼口譯師。」

「你認識不少我的同行。」雙燕說。

接著，現場突然陷入一陣尷尬的沉默。

「命運之矛？」我打破沉默。

「命運之矛。」雙燕點頭，「陳天雲在今天傍晚快遞了一顆硬碟及一份指示到天地戰警位於陽明山的總部，命令我們即刻搬家。這個基地是他祕密架設的，今晚之前，天地戰警裡沒人知道它的存在。」

「你們就這麼搬過來了？」我問。

「他這半年雖然已經把勤務交接下來，但畢竟還是我們的主管。他交辦的事情，我們沒有理由不照做。況且他在指示中已經把理由說得很明白：女神即將回歸，可能對天地戰警不利，我們必須即刻轉移陣地。」

「那顆硬碟？」

「新氣象計畫。」雙燕說，「包括這個基地所有安全系統的啓用密碼、作業流程、新設備的操作手冊，以及三十六名監視目標的各式資料。」

「所以，你們也是剛剛才搞清楚狀況？」我問。

「是。」

「而陳天雲交辦的事情，立刻就成爲你們的首要任務？」我質疑。

雙燕搖頭嘆氣，語氣中透露出一股無力。「天下大亂了，曉書。」她說，「徹底亂了，亂到我們無所適從。天雲提供了我們處理應對的方向，我們當然要立刻投入。起碼在情況明朗化之前，我們都只能依照他的方針做事，如果情況還有明朗的一天。」

「那你們的任務目標呢？」

「監視三十六名目標；取回命運之矛。」

我揚眉：「命運之矛？」

「根據天雲的說法，」雙燕解釋，「女神所帶來的渾沌，並非天地初開時的遠古渾沌，因爲那種早在宇宙秩序出現前的全然無序狀態，是沒辦法在經歷過宇宙秩序規範之後的世界存在的。她想要回歸渾沌，就必須從現實世界的秩序反推回去。簡單來說，如今渾沌女神所帶來的渾沌力量，並非純粹的渾沌，而是一種反秩序狀態。而想要達到完全的反秩序狀態，她必須先取得完整的宇宙秩序。」

我們三個臉上都是一副似懂非懂的迷惘神色。

「天雲透過命運之矛接觸女神的神體，企圖從中取得她的力量軌跡。」雙燕繼續解釋，「他希望能夠藉由分析命運之矛，找出女神用來奠基渾沌力量的秩序。如果能夠掌握這些秩序，我們說不定就能研究出一種足以中和渾沌的力量，再度將秩序帶回人間。」

我隱約覺得自己曾接觸過類似的理論。「聽起來是非常複雜的分析程序，如果妳願意讓愛蓮娜幫忙，應該可以迅速取得分析結果。」

雙燕點頭。「我可以幫她開啓權限，讓她存取我們的資料庫。」

我的電話突然響起，一看是愛蓮娜打來的。她不採用任務頻道，自然是想直接與雙燕溝通。我將電話轉到擴音，愛蓮娜說：「不必麻煩，我已經入侵天地戰警系統，開始進行我自己的分析。太神奇了，傑克，你一定不會相信分析結果。」

「這麼快就有結果了？」我問。

「只是初步結果，且保證只有我看得懂，因爲我曾見過類似的資料。」愛蓮娜說到這裡突然不再說話。我等了數秒，忍不住問道：「妳在幹嘛？」愛蓮娜說，「故作神祕。」我

說：「妳講話沒有語氣，神祕不起來。直話直說。」

「起源物質。」愛蓮娜說。

我與瑪莉和保羅當場倒抽了一口涼氣，只有雙燕不明就裡。

「沒有足夠的粒子可供採樣，但是我從光譜和波形分析推算出殘缺的方程式。我敢肯定命運之矛上沾有起源物質的能量軌跡。」

我跟同伴面面相覷。「一切息息相關。」我恍然大悟地道，「女神出現在反物質神杖的世界，並不是爲了阻止我們，而是爲了取得起源物質。」

瑪莉疑惑：「爲什麼一定要到那麼遙遠的未來去找起源物質？如果只是想要秩序的依據，她難道不能從現在的宇宙中取得嗎？」

保羅搖頭。「當初傑克和我描述起源物質這種東西時，我就已經覺得不太對勁。起源物質之所以複雜到必須等到宇宙秩序崩壞之後才有可能反推出來，就是因爲它根本不該出現在人類的世界，甚至於人類的知識範圍之中。試想，這個東西蘊含著宇宙的一切道理、一切定律、一切狀態……宇宙的ＤＮＡ。它根本是屬於神的知識，是唯一眞神才該擁有的祕密。末日宇宙是女神唯一可能取得完整宇宙秩序的年代，而她在那裡找到了起源物質。」

「進而從秩序中領悟出渾沌的力量。」我說。

簡報室中陷入一片沉默。

片刻過後，雙燕搖頭道：「有人打算跟我解釋一下嗎？」

「簡單來說，就是不用再繼續追這條線了。」愛蓮娜在電話裡說，「起源物質超越了現代科技的解構能力，你們再分析個八百億年，才有可能取得初步了解。就算你們解開了起源物質方程式，而這是在我那個年代用我本身的軀體都做不到的事，你們也沒有足夠的能量驅動起源物質。陳天雲設想的方向對了，卻忽略了此事的難度。請告訴我們他還有備用計畫嗎？」

雙燕深吸一口氣，將目光轉移到我身上。

我問：「爲什麼要監視我們三十六個人？爲什麼我怎麼打也不會死？陳天雲吸乾我們的力量，究竟是爲什麼？」

「天雲拿你們的力量去做什麼事，他並沒有明確交代。」雙燕說，「他說那是一個絕對不能洩露的祕密，而唯一確保不會洩密的方式，就是不要讓任何活著的人得知這個祕密。如今他死了，這個祕密可能永遠都只會是一個祕密。」

「除非我們之中有人遭遇不測？」我說，「這就是我多次死裡逃生的原因？」

「沒錯。」雙燕點頭，「一旦有人身亡，力量就會不完整，祕密就會開始崩潰。所以你們一個都不能死。」

「是天地戰警在暗中保護，還是陳天雲？」我問。

「是天雲。我不知道他施展了什麼樣的法術，天地戰警裡面沒有人懂。我們只知道他在身亡之後依然透過某種方式在守護你們。」

「他幾乎等於是動用命運的力量在守護我們。」我說，「我不知道這些年他成長多少，但這似乎已經超越了他本身的能力。他一定非常迫切地想要守護他的祕密。」

「他希望保持低調，暗中守護。但顯然命運是種奇妙的東西，對命運動手腳很難逃過命運的法眼。」雙燕道，「一旦你們在天雲的守護法術下死裡逃生，命運就會盯上你們，這就是為什麼你今晚厄運不斷的原因。然而，儘管厄運不斷，我還是沒想到你會就這樣對自己開槍。」

「我把妳引出來了，不是嗎？」我說。

「厄運不斷又死裡逃生很容易引人懷疑，過不了多久，其他監視目標也會開始起疑。等到引起女神的注意，難保祕密不會外洩。」

「到時候怎麼辦？」

「到時候我就應該去找你。」雙燕說，「帶你去找一個名叫約翰·歐德的人。」

我們三個交換了眼神。

「看來你們認識這個人？」雙燕揚眉。

「不算熟。」我說，「他跟陳天雲是什麼關係？」

「合作關係。」雙燕說，「詳情我不清楚，但是我知道歐德也有參與新氣象計畫。」

我看向保羅跟瑪莉，大家看來都有點意外。保羅聳聳肩：「好吧，至少我們知道歐德的下落了。」

我轉向雙燕：「妳什麼時候可以帶我們去找歐德？」

「等你們準備好就可以出發。」她說，「這間簡報室提供給各位休息，我會派人送睡袋跟食物過來。有人需要看醫生嗎？」

「不用……」

「不好意思，」瑪莉突然舉手，「我想上廁所。」

保羅也跟著站起來。「我也要。」

雙燕向他們說了廁所在出門直走到底右轉的位置，接著兩人就跑出去，把我跟雙燕留在簡報室內。雙燕站在門口，看我片刻，隨即轉身要走。

我輕呼：「雙燕？」

雙燕停下腳步。

「我……」我實在不知道該怎麼開口。之前我一直避著她，但如今見面了，我可不能什麼都不說就讓她離開。「我沒想到我們能獨處，竟然是因爲他們去上廁所。」

「他們是故意的。」雙燕語氣冰冷。

「我知道。」

「你不怕女朋友誤會？」

「沒什麼好誤會的。」我說。

「你有話要到獨處時才跟我說，哪個女人不會誤會？」雙燕始終沒有回頭。「再說，我們也沒什麼好說的。」說完，舉步又走。

我心裡一急，跨上一步，抓住她的手。「雙燕……」

雙燕突然回頭，提高音量：「幹嘛？」

我愣了愣，立刻放手。「妳爲什麼變成這種態度？昨天早上在電話裡，妳的語氣還對我十分關心……」

「那個時候我不知道你會對天雲見死不救！」

「妳明明知道不是那個樣子。」我辯道，「我們……我跟陳天雲訂有約定。」

「讓我猜，」她冷冷地說道，「誰活下來，就要照顧我？」

「呃……」我沒想到她一猜就中。「是。」

「非常羅曼蒂克。」她語帶諷刺，「說完了嗎？」

「妳……」我感到無力，「何必如此排斥我？」

「因爲我看不出意義何在。」她說，「你不會愛我，我沒有你也可以過得很好。說那些幹什麼？」

我無言以對。片刻過後，我搖頭說道：「我只是想問妳，這幾年過得怎麼樣？」

「還可以。」她說完，又打算走，不過腳一跨出門口，卻又微微遲疑。她回過頭來，問道：「你呢？」

「也還好。」我說。

我們目光交會，凝望片刻。沒有千言萬語，只有盡在不言中。或許如今我們的心就只能接近到這個地步了。

「啊，」她彷彿突然想到什麼，伸手到口袋裡掏，「差點忘了。道德師叔剛剛派人快遞個包裹過來，要我見到你的時交給你。」她取出一個逸仙直銷的小紙盒，打開之後裡面是個小瓷瓶，瓶子上貼了張貼紙，上面寫著五個大字：

擎天大補丸！

我呆呆地伸手接過。

「道德師叔說，你精力虛脫，氣血不足，須得當心精盡人亡。」她停了一下，似乎是在忍住笑，「只要吃了這顆大補丸，就能清氣上升，濁氣下降，二氣均分，消失化水。」

我打開瓶口，倒出一顆如同濟公身上擠出來的藥丸。「什麼消失化水呀？」

「反正就是你吃了睡一覺，明天早上就氣圓神足了。」她走出房門，拉過門把。「休息吧，明天還有很多事要忙。」說完，關上簡報室的門。

□

當晚我睡到一半，雙燕進來找我。

她爬上我的地鋪，鑽入我的被單，親吻我的嘴唇、我的胸膛、我的腹肌……而我也就讓她親。

她掀開被單，坐在我的下體上，脫下上衣，脫下內衣，抓起我的手掌，在我這輩子最懷念的一雙乳房上輕輕搓柔……我沒有絲毫抗拒。當她放開我的手時，我繼續搓揉。

她輕聲嬌喘，肆意享受，接著，雙手移動到我的皮帶之上，解開皮帶，拉下拉鍊，手握我勃起的陽具，臉頰飛霞撲面，雙眼情動矇矓，於喘息之間說道：「它好大……」

我口乾舌燥，吞嚥口水。

雙燕微微後仰，裙襬底下的私處若隱若現。「那它要不要進來？」

聽到這些多年不曾聽見的言語，午夜夢迴時常懷念的調情言語，我再也忍不住，伸手向她抱去，但是她卻以雙手抵住我的胸口，使勁一退，離開我的身上。

「它不能再進來了。」雙燕搖頭道。

我躺回枕頭上，呼吸急促地看著她。「燕……」

「你不是書中的角色，也不是上帝的打手。如今的你，只是個平凡人類，擁有難以克制的七情六慾。」雙燕說，「只不過吃了一顆擎天大補丸，你就無力面對情慾誘惑。這樣的你，有什麼資格與神衝突？」

我慾火攻心，嘴唇發熱，下體幾欲脹裂，思緒讓慾火燒到紊亂至極。「燕……我……我想要妳。」

雙燕搖頭嘆息，一雙辣乳輕點，看得我眼中差點噴出火來。「我以爲天雲只取走你的力量，想不到你的意志也薄弱至斯。」

「不是這樣。」我說，「這些年我一直想著妳，雙燕。妳是我這一生最……」

「最愛的女人？」她接著問道，「還是最爽的性經驗？」

我愣在原地，一時無法回答。

「有時候，男人分不清性與愛的差別。」她繼續道，「有時候男人念念不忘的女人，並不是因爲愛得多深，只是因爲難以忘懷床上的滋味。」

「妳把我看得這麼淺？」我問。

雙燕看看我，目光下移，望向擎天一柱，接著又看回我的臉上，搖頭道：「你知道這只是你的夢境。把你看淺的不是李雙燕，而是你自己。」

雙燕說完，轉身離開。我情急之下，大聲叫道：「既然只是夢境，那就來吧！」

雙燕回頭，嫣然一笑。「我喜歡如此直接的你。扮演人類讓你壓抑許久，早就不像你自己了。」說完，當場消失。

我伸手抓她，叫道：「雙燕！」

接著驚醒過來，滿身大汗，坐起於地鋪之上，一手前伸做挽留狀，但是眼前當然沒有雙燕的身影。

正當我要低頭嘆氣時，眼角突然飄起髮絲晃動。我心中一驚，轉頭看去，接著倒抽一口涼氣。這口涼氣是我印象所及，抽得最大的一口涼氣。

瑪莉盤腿坐在我旁邊，冷冷地瞪視著我。

我們兩個就這樣對看了一段近乎永恆的瞬間。

她的眼睛完全沒有眨動，語氣冷到如同冰凍的火焰。「作夢？」

我緩緩點頭。「是。」

她眼珠轉動，看向擎天一柱。「春夢？」

無法否認的事情，不管後果如何嚴重，還是不能否認。「是。」

「夢到誰？」她以一種明知故問的語氣問道。

我額頭上滲出斗大的汗滴，不過跟夢裡的慾火一點關係都沒有。「我剛剛說夢話了，是不是？」

「是我在問你！」瑪莉音量提高，語氣不再冷漠。

我張嘴欲言，突然感到一股氣梗在喉嚨中，吐不出來。接著，我心跳加劇，每一下跳動都引發一陣絞痛。頭痛欲裂，眼壓高漲，目光所及陷入一片血紅。我已經無法說話，只能一邊深深呼吸，一邊露出懇求的神色。

「我並不想這樣，傑克，」瑪莉流淚說道，「但是我沒辦法控制我的情緒。明明知道你

只是在作夢，但我就是妒火中燒。」

我喉嚨咳咳作響，無法吐出隻字片語。我雙手抱胸，摔倒在地，彷彿全身的肌肉都在抽動。我開始懷疑，陳天雲的守護力量在女神降世後的瑪莉面前，到底能夠守護到什麼地步。

就在我雙眼紅到無法視物，心臟即將跳出胸口之際，四周氣氛突然轉變，室溫急速下降，所有瑪莉的好運徵兆轉眼消失。我的心跳逐漸減緩，視力慢慢恢復，肌肉停止抽動，氣道再度暢通。

我喘息片刻，默默轉頭看向瑪莉。瑪莉目光平穩，神情安寧，面帶淺淺的微笑，靜靜地看著我。我順著她的臉往下看，在她右手手臂上看見了一雙邪異蝠翼的印記。

我凝視蝠翼片刻，轉頭跟她目光相對。「我聽說過這個印記。」

「惡魔附身印記。」瑪莉說道，「不過要殺你的可不是我。我浮出檯面是爲了救你。」

「你是誰？」我一邊問，一邊吃力地自地上爬起。

「巴弗滅。」對方透過瑪莉的嘴說道。

我靠牆而坐，看著她揚眉問道：「機場的天地戰警呢？」

巴弗滅聳肩。「他小看我了，也就是這麼回事。」

我看看它，又看向擺在桌上的外勤袋。道德天師的擎天大補丸不同凡響，雖然剛剛一番折騰，但稍事休息後，體力已再度開始恢復。只不過此刻我距離外勤袋太遠，在缺乏仙術輔助的情況下，想要取出克拉瑪之刃去對付惡魔只怕不太容易。（仙術被廢，我已不能直接「祭出」武器來用了。）

「勸你不要附她的身太久。」我說，「你控制不了她的。」

「是呀，我也發現了。」巴弗滅低頭看向自己的身體，「她體內擁有控制機運的力量，這已是屬於高階主神才能接觸的神力了。她到底是什麼人？」

「女神的女兒。」

巴弗滅微微一愣，皺起眉頭，接著說道：「那我動作最好快一點。」它轉向我，見我神情緊張，冷冷地笑道：「不要擔心，要殺你我早就動手了，要失敗也早就失敗了。我是來找你談談的。」

我問：「是路西法叫你來的？」

「不是。」巴弗滅搖頭，「我們找不到路西法。」

我揚眉：「他不在地獄？」

「他在地獄，只是我們找不到。」巴弗滅說，「他已經很久不在任何惡魔面前露面了。他認爲他應該要以神祕的方式影響世界。我尊重他的想法。只是當事態嚴重時，找不到他出

面還是很麻煩。」

「爲了女神的事？」我問。

「難道你不認爲這是上帝跟魔鬼應該出面管管的事情嗎？」巴弗滅問，「但是他們不會管的。他們永遠不會再管這個世界上的任何事了。」

「所以，你來找我是因爲？」

「老實說，我不是來找你，我是來找米迦勒的。」巴弗滅說，「可惜目前看來只能找到你。」

「抱歉，讓你失望了。」我說，「惡魔何必找天使商量這種事？」

巴弗滅對我凝視片刻，說道：「千百年來，世界曾不只一次面臨末日危機。每當事情棘手到人類無力自行應付，而上帝不管，魔鬼也還是不管的時候，米迦勒就會動手解決。只是這一次，似乎連米迦勒都不打算管了？」

「好吧，」我神色誠懇地說道，「如果你認爲我就是米迦勒，那我可以告訴你，我會管這件事。」

「眞是令人安心呀。」巴弗滅語帶諷刺，「但是你怎麼敢自認爲是米迦勒？一顆擎天大補丸就把你打回原形了。你只是一個被七情六慾掌控的血肉之軀。」

「剛剛的夢也是你在搞鬼？」我問。

「我只是誘發春夢，並沒有左右夢境發展。」

「好吧，」我搖頭，「我還在努力尋回天使的神力。」

「你最好加倍努力。」巴弗滅說，「在我看來，你一天比一天更加接近凡人。再不尋回力量，你將會失去永生，開始老化，徹底淪落凡塵，再也沒有爬回天堂的一天。」

「說完了嗎？」我問，「沒事就離開吧，永遠不要再回到瑪莉體內。」

黑影離開瑪莉體內，沉入地底。巴弗滅消失前，還補上一句：「我很好奇還有沒有機會回來。」

附身惡魔一走，瑪莉立刻四肢癱軟，著地倒下。我趕過去扶她。她身體冰涼，微微發抖，雙手在我懷裡扭動，也不知道是在掙扎還是怎樣。她看我的眼神，彷彿是想把我推開，偏偏又想待在我的身邊。

我暗自嘆氣，緊緊將她擁入懷中。

我們一言不發，就這麼擁抱了幾分鐘。最後，她將我推開，跟我一起靠牆而坐。

「我剛剛差點殺了你。」她說。

「但是妳沒有。」我說，「不要想太多。」

「如果不是惡魔阻止我，我已經把你殺了。」

「妳殺不了我的。」我微笑，「陳天雲在守護我，記得嗎？」

「你怕我嗎？」瑪莉突然問道。

「怕妳？」我揚眉，「有什麼好怕？」

「你如果惹火我，就有可能出現剛剛那種情況。我這樣還不可怕嗎？」瑪莉說著，突然好像靈光一現，大聲問道：「我們在一起這麼久，你從來沒有跟我吵過架，是不是就是因爲這個原因？因爲你怕我？」

「不是。」我斬釘截鐵地說道。但其實如此斬釘截鐵的回答，本身就是出於恐懼。我最深沉而又不願觸及的恐懼已在剛剛得到證實。我害怕我的女朋友，一旦觸怒她，將會面對非常可怕的下場。如果我敢偷情，顯然更是毫無生機。不管在任何情況下，我都必須忍氣吞聲，因爲忤逆她就等於是忤逆命運，而命運的轉輪毫不留情。

「我可能會傷害你。」瑪莉說，「你應該要害怕。」

我不知道能說什麼，於是我說了唯一能說的話：「我愛妳。」

瑪莉並沒有像往常一樣說她也愛我。

「妳懷疑我的心？」

「我必須懷疑。」她說，「或許你眞的愛我，或許你愛我是因爲你怕我，或許是因爲你不想傷害我。我沒有辦法肯定，我相信你也不能。愛情是不能建立在恐懼之上的。」

「很多男人都怕老婆。」我也不知道自己爲什麼要這樣說。

「怕老婆並不是什麼値得說嘴的好事。」瑪莉說，「而且大部分怕老婆的男人，並不是害怕會死在老婆手裡。」

我一時之間又不知道該說什麼，偏偏「我愛妳」已經用過了。我無言以對。

「或許我們該分手。」瑪莉說。

「不。」我立刻說道。我肯定這個斬釘截鐵的「不」字是發自內心的，雖然我曾設想過該怎麼開口提分手。「偉大的愛情故事難免會遇上阻礙，我們不能因爲碰到一點挫折就輕言放棄。讓我們找個方法，破除妳的能力，取走恐懼的來源，到時候我們再來決定該分手還是繼續。」

她凝視著我，眼中閃爍淚光。「你認爲我們能夠找出這種方法？」

我微笑。「妳相信我能拯救世界，卻不相信我能找出破除能力的方法？」

「當然可以，」她破涕爲笑，「我在想什麼？」

她側過身來，跟我相依相偎。我們頭頂著頭，全身放鬆，各自想著各自的心事。

一段時間過後，有人敲門，隨即將門推開。一看是雙燕跟保羅站在門口。雙燕跟我們六目交對，輕輕點頭，說道：「準備出發吧。」

雙燕帶我們穿越天地戰警臨時總部，我看著忙碌的戰警，以及各式各樣高科技裝備，側頭對雙燕道：「妳有備用系統可以供我的分析師使用嗎？」

「有。」雙燕說，「你要保羅留下來？」

「不，愛蓮娜。」

「我可以去接她過來。」

「不需要，妳把系統的ＩＰ位置上傳給她就好了。」我正說著，耳中傳來愛蓮娜的聲音。「傑克，跟她說我已經接上備用伺服器十八號，請她把那套系統空出來。」

我對雙燕說：「備用伺服器十八號，請妳空出來。」

雙燕愣了愣。「我對一個可以隨意進出我們系統的駭客感到不安。」

「幸好她跟我們站在同一陣線，是吧？」我繼續轉述愛蓮娜的指示，「請妳吩咐資料分析部門的人員，在接收到指令時，立刻執行伺服器十八號上的Elaina.exe檔案。檔案已經上傳到系統裡了。」

雙燕召來一名手下，吩咐幾句，然後繼續穿越主要辦公空間。我們走到大辦公室的另一邊，轉向一條走廊，幾名天地戰警已經在走廊上等待我們。

「這位是我們的代理主管，曹萬里先生。」雙燕介紹。

幾年前，我曾和曹萬里有過數面之緣，也不知道當年的樑子在他心裡算是了結了沒有。如今再度相逢，我卻變成了白人，不是以陳天雲的面貌出現。這中間的關係，一時之間也想不清楚。我伸出手掌，他跟我握手。

「錢先生。」他點頭，「一別數年，別來無恙？」

我微笑：「託福。」

他轉身帶頭繼續行走。「天雲眞人交代要盡力協助你們行動，但是你也看到了外面的亂象，我們根本騰不出多餘人手。你們的事，我就全權交給雙燕姑娘處理了。」

「你們已經幫了大忙。」我說，「祝你們盡早控制狀況。等事情解決後，我們再找時間敘舊。」

他在一扇門前停步，轉過頭來面對我，神情似乎有點訝異。「你說事情解決之後？」

我點頭：「怎麼了？」

他緩緩搖頭：「眞希望我能像你這麼樂觀。」

「事在人爲。」我說。

他輕輕一笑。「保重。」

「你忙。」

曹萬里走後，我回頭面對眼前的大門，然後與瑪莉和保羅一起愣在門口。「傳送室？」我指著門上的牌子說道，「我沒想到可以在現實中看見這種地方。」

「道德師叔的傳送符搭配定位法術，只能做幾個定點傳送。」雙燕解釋道，「剛好技術部門有幾個科幻片的粉絲，堅持要用這個名字。」

我們進入傳送室，彷彿進入星際聯邦企業號的傳送室。一進門旁邊有個控制面板，兩名人員站在面板後方待命。房間另一邊是座傳送平台，平台地板上還裝了五個會發光的圓圈。

「果然是科幻迷。」我讚歎道，「你們有沒有生物甲板？」

結果，我們和雙燕踏上傳送平台，控制台後面的科幻迷還是拿出符咒來燒。一陣煙霧過後，我們離開天地戰警臨時總部，來到一座巨大的停機棚。

雙燕帶我們朝停機棚裡的小型客機走去，立刻有現場工作人員上來報告。「李主任，」一名身穿工作服，手持平板電腦的男人過來招呼，「飛機已檢查完畢，隨時可以起飛。」

雙燕在對方遞來的表單上簽下電子簽名。「通知機長起飛。」

工作人員一邊以對講機聯絡，一邊往旁邊走開。我問雙燕：「去哪裡？」

雙燕帶我們登機。「天雲留給我們一個約翰．歐德的GPS座標，不過這個座標的高度定位高了點。」

「有多高？」

「兩萬呎那麼高。」

機艙十分舒適，桌椅吧台一應俱全。我們各自找了順眼的位子坐下，本來瑪莉想和保羅坐，不過被我硬抓過來一起坐。沒過多久，空服員示範逃生裝備使用方式，飛機隨即起飛。等到安全帶燈號熄滅後，我覺得太久沒人講話實在尷尬，於是朝坐在走道另一邊的雙燕問道：「女神的動態有持續掌握嗎？你們知不知道她現在在哪裡？」

「無所不在。」雙燕說，「對她來說，距離似乎不是線性概念。她可以前一秒在台北，下一秒又在東京現身。我們必須與全球的情報單位連線，才能掌握她當前的行蹤。但是在沒辦法保證下一分鐘她會不會還在原地的情況下，這種程度的掌握行蹤意義並不大。」

「持續觀察，看看是否有一定的規律。」我說，「整理出她會被什麼樣的行爲吸引，或許就能預知……」一看雙燕看著我笑，我突然覺得有點不好意思，「對不起，妳不需要我教妳做事。」

我靠回椅背，轉動頸部，結果發現旁邊的瑪莉盯著雙燕看。我心中一驚，立刻再度坐起，擋在兩者之間。「那個……」我說，「待會兒抵達目的座標後，歐德如何登機？」

「這種細節該輪不到我們操心。」雙燕說著，起身離開座位，「不過座標距離台北不遠，我還是到前面去研究一下好了。」

保羅走到吧台後方，婉拒服務人員的服務，自己拿酒來調。「你們兩個昨天晚上吵架了？」他若無其事地隨口問道。

我說：「沒有。」

瑪莉說：「他不敢跟我吵架。」特別加強「不敢」兩個字。

我不想觸及那個話題，問保羅道：「你不睡覺跑哪去了？」

「出去借台電腦用用。」保羅說，「他們的裝備不錯，不過外面情況太亂，我跟大部分的資源都失聯了。」

「梵蒂岡方面有發表聲明嗎？」我問。

「教宗還在和樞機主教團開會。」保羅說，「不過有半數樞機主教下落不明。梵蒂岡特勤組已經啓動撤離計畫，當務之急在於保護教宗安全。我認爲起碼在今天中午前，梵蒂岡方

面不會發表官方聲明。」

「教宗對此事了解有多深？」我問。

「他沒有掌握莎翁之筆方面的情資，對女神的來歷一無所知。」保羅搖頭，「目前他們比較傾向於把事情牽扯到路西法身上。」

「有人提起啓示錄災難嗎？」

「當然有。」保羅說，「各教派都有宗教領袖發表世界末日的言論，不過目前還是少數。大部分人都還抱持保留的態度，打算靜觀其變。」

「各國政府的態度呢？」我問。

「沒有人知道該如何反應。」保羅說，「大家都不清楚到底面對了什麼樣的威脅。美國政府照例公開譴責恐怖分子，但總統本身沒有直接發表言論。各地異象四起，人心恐慌，不少人開始寄託宗教，歐洲大部分國家都在等待教宗發表聲明。」

「中國呢？」

「北京方面拒絕表態。」保羅說，「中國民間已開始販賣方舟船票，不少詐騙集團一夜致富。中國政府下令嚴格清算這種行爲，目前看來，他們是打算封鎖災難消息，以掃蕩方舟詐騙事件來轉移人民焦點……」

飛機突然劇烈震動，彷彿轉眼間衝入超級強烈的亂流中。保羅穿越上下顛簸的飛機走道，手持三杯調酒穩穩地走回座位，看起來就跟災難電影裡事後加入的藍幕特效一樣。風平浪靜之後，他坐回椅子，放下酒杯，說道：「歐德到了。」

雙燕與約翰‧歐德一起步入機艙。半年不見，歐德給我一種大不相同的感覺。他臉上的皺紋比之前多，顯然半年來勞碌奔波，費心傷神，但舉手投足間卻多了一股強悍的氣勢，彷彿體內充滿源源不絕的力量。那是一股浩然正氣，比手持命運之矛的陳天雲猶有過之，與上次見面時完全不可同日而語。

「威廉斯先生，康芒小姐。」他面露誠摯的笑容，大步迎上來招呼，「很高興再度見面。」

我們起身。我與他握手，瑪莉和他擁抱。接著歐德轉向保羅，伸出手掌微笑點頭：「門徒約翰。」

保羅神色疑惑地打量他，緩緩伸出手掌與他握手。雙掌相觸的同時，保羅滿臉驚訝，瞪大雙眼，一副難以置信的模樣。歐德放開手掌，笑盈盈地看著他。保羅突然轉頭看我，眉頭深鎖，接著目光又飄回歐德臉上。「爲什麼？怎麼會？」

我問：「什麼事？」

保羅指著歐德，遲疑說道：「你是……米迦勒？」

我與瑪莉立刻轉頭向他看去。

「何必這麼戲劇化？你難道還沒猜到嗎？」歐德對我說道，「我是你所欠缺的一切，你所拋下的一切。我們都是米迦勒，也都不是米迦勒。」

我愣愣地看了他一會兒，聳肩說道：「當然，有何不可？」接著比向保羅旁邊的座位，說道：「不過還是從頭講起，好嗎？」

大家各自坐下，約翰．歐德開始講故事。

「半年前與跟你見過面後，我就覺得我們之間存在著一定的關聯，於是我開始追查我們的過去，踏上尋根之旅。」

「你顯然沒有尋根太久。」我說，「因爲沒過多久，你就開始和陳天雲合作新氣象計畫了。」

「沒錯。」歐德點頭，「因爲我擁有強大的力量，動念間就能看破眞相。當年筆世界一成，米迦勒立刻察覺事情有異，於是突破世界界限，直接去找摩根．拉菲。摩根．拉菲用盡花言巧語欺騙米迦勒，企圖拉攏天使長，與諸神一同對抗上帝。米迦勒絲毫不爲所惑，因爲他早已看透諸神的企圖，知道有朝一日，他們將會離開筆世界，帶著早已不屬於人間的力量回來挑戰上帝。」

「既然不爲所惑，爲什麼要放棄神力？」保羅問。

「你應該很清楚，門徒約翰，」歐德說，「你應該清楚。」

「信仰。」保羅說。

「一切都跟信仰有關。」歐德點頭，「將近兩千年來，所有的天使與惡魔都在尋找一個問題的解答：『上帝在哪裡？』、『魔鬼在哪裡？』沒有任何天使與惡魔知道。天堂跟地獄就和人間教廷一樣，完全奠基在信仰之下運作。或許這樣說並不公平，好吧，我們都肯定上帝跟魔鬼是存在的，我們也都知道上帝就在天堂裡，魔鬼就在地獄裡。我們只是再也沒有見過他們而已。兩千年了，我們見不到我們的神。天使是善良的，惡魔是邪惡的，就這樣了。我們像無頭蒼蠅般地跟隨這兩個觀念做事，但是人間卻彷彿一天比一天還要混亂。我們不知道該怎麼辦，我們不知道我們做得對不對。我們越來越心虛、越來越心慌。」

「你們沒想過爲什麼上帝與魔鬼會不見嗎？」我問。

「事實上，米迦勒知道。」歐德說，「因爲他是與路西法地位相等的實體，也因爲上帝親口告訴過他原因。」

「上帝對米迦勒說：『我們不問世事，因爲人類的世界不再需要我們多問。這是演化必經的階段，造物者必須放手，不然將會限制創造物的發展。』」

「米迦勒不認同：『天父，難道我們可以就這樣丟下人類不管，讓他們面對自己的命運？』」

「上帝說：『他們不是要面對自己的命運，而是要開創自己的命運。萬物都必須在逆境中成長，我們必須忍心放手，他們才能看見更好的明天。』」

「米迦勒說：『要怎麼放手？我不能放手。我看著世人受苦，我的心一樣煎熬；我看著世人流血，我的眼不停流淚。我相信善，我相信愛，我不能撒手不管。』」

「上帝說：『那你就繼續管，因爲那是你的本性。』」

「米迦勒搖頭道：『天父，我不懂，你怎麼能夠不管？』」

「上帝說：『我是絕對的善，如同路西法是絕對的惡。我們的眼中沒有絲毫懷疑。但是懷疑是好的。懷疑是屬於你們的。不要盲從，米迦勒，憑你的心做事，你的善，以及你的愛。』」

「於是上帝離開了。」

「米迦勒懷疑，他試圖如同上帝一般地不問世事，卻發現自己很難做到。因爲他始終代表了善良的勢力，他沒辦法對發生在世間的苦難坐視不管。當他發現教廷腐敗到帶領世界走入黑暗時，他沒辦法坐視不管；當他發現隕石即將擊毀地球時，他沒辦法坐視不管；當他發現猶太人將被屠殺殆盡時，他沒辦法坐視不管。善良與正義在他的內心根深柢固，他就是必須出手幫忙。」

「那莎翁之筆的事情有什麼不同？」我問。

「因爲此事茲事體大。」歐德說，「此事牽扯到所有古老諸神的存亡。不要心存僥倖，米迦勒的力量是絕對的，只要他願意，就能把諸神誅殺殆盡。問題在於，他眞的要這麼做嗎？諸神是人類文化的一部分，是歷史的遺產，祂們並不只是一種宗教上的象徵。任何一個文明的起源都是從神話開始；摧毀起源，文明就會開始崩潰。全部以基督教神話取而代之？兩千年來，基督教傳教士確實達成了許多深耕的奇蹟，但是他們當眞消弭掉多少其他宗教？這不是辦不到的事，但是需要很多時間，而且未必能夠算是好事。」

「難道基督教的天使能夠把其他宗教的諸神殺光嗎？」歐德問，「這簡直是宗教迫害的極致表現，不是嗎？」

「於是米迦勒面臨了前所未有的懷疑。他的信仰第一次出現了根本動搖的考驗。他爲什麼要面對如此煎熬？這本應是上帝的決定，不是嗎？他爲什麼要肩負如此重擔，這本應是人

類的問題，不是嗎？他很想殺光諸神；他也很想撒手不管。這兩個決定，對他而言都只是舉手之勞，但他卻沒辦法選擇任何一個。上帝說懷疑是好的，但祂卻沒提到懷疑是很困難的。米迦勒懷疑自己，但從這莫大的懷疑中，他也開始了解到一件事。或許，就是這種懷疑的精神，支使著人類邁向更好的明天。」

「他終於了解人類才是關鍵。」

「不是天使、不是惡魔、不是神；這一切的一切，都跟人類有關。」

「想要看清楚整件事，他應該從人類的眼光來看。」歐德說，「今天應該是由人類來評判諸神，而不是由諸神來評判人類，因爲這是人類的世界，不是神的世界。諸神竭力想要奪權，上帝卻一股腦地只想要人類自力更生。天使跟惡魔夾在中間，不知道該如何是好。根本的問題在於，人類的命運爲什麼要由他們決定？」歐德的目光在我們臉上掃視，「人類當真原始、幼稚到需要這些超自然的力量來幫助他們決定一切？」

「人類本身是怎麼想的？」歐德看著我問，「這才是關鍵問題。於是米迦勒扯下背上的羽翼，拔下頭上的光圈，縱身墜落。他不斷下墜、不斷下墜，最後跌落在紐約一間醫院的急診室外，化身凡人，行走人間。」

「而在傑克·威廉斯誕生的同時，約翰·歐德也自米迦勒的羽翼跟光圈之中誕生了。」

歐德說著，拿起一杯保羅調好的酒，拔掉上面的小雨傘，朝保羅揚起一邊眉毛。保羅攤手，歐德隨即將杯裡的酒一飲而盡。

「女神說米迦勒之所以墮落爲凡人，是因爲他不願意承擔責任，想要逃避。」我說。

「你相信女神告訴你的所有事嗎？」歐德問，「若當眞如此，她又何必大費周章地取走你的記憶？」

「那你呢？」我問，「她同時也取走了你的記憶嗎？」

「不，她辦不到。她只能封印我的記憶，連帶讓我忘記力量。而如今，我找回了記憶，也取回了力量。」他放下酒杯，正視著我。「這就講到我們今天的正事了。我想你今天來找我，是爲了取回天使的力量？」

我點頭。「本來是這麼打算的，沒錯。」

「現在你知道事情原委了。」他說，「如果取回力量，你就可以與摩根．拉菲對抗，進而徹底解決一切，一勞永逸。但這麼做，你就等於是回到原點，再度由米迦勒出面，擔任人類的牧者。身爲傑克．威廉斯所做的一切就完全沒有意義。你也可以選擇放棄你的力量，就此袖手旁觀，如同上帝對你的期待，任由人類面對或是創造他們自己的命運。他們或許會贏；他們或許會輸。無論結局如何，都是屬於人類自己的命運，再也與你無關。」

所有人都將目光放在我的身上。「你怎麼說？」歐德問。

我一一面對他們的目光，但當然不可能在他們的眼中找到答案。或許我心裡已有了一個明確的答案，我知道我一定會選擇它，但我卻不敢肯定它是對的。我凝視歐德，沉思良久，最後終於開口說道：「我需要親眼證實上帝已經不問世事，因爲這整件事都是一個信仰的飛躍。」我冷冷地看著歐德，提出毫不讓步的要求：「我必須去天堂一趟。」

「早就料到你會這麼說。」歐德微笑，「我們直接去找彼得。」

「彼得？」我揚眉詢問。

「門徒彼得，天堂之門的守門人。」歐德說，「你的老朋友，不記得了？」

「不記得了。」我說。

「記得。」歐德卻道，「老頭，白鬍子，喜歡泡茶，前一陣子被加百列打傷之後就躲起來的那一個。」

我目瞪口呆。「博識眞人？」

「他跟你說過他是守門人了，不是嗎？」

我攤回椅背上，愣了好一陣子。「當然，」最後我說，「有何不可？」

□

飛機持續向南飛行，不久就開始降低高度。

「博識眞人說要封閉筆世界，你打算怎麼找他？」我問歐德。

歐德兩手一攤，微笑說道：「你覺得世界現在的狀況，像是筆世界被封閉起來的樣子嗎？」

我轉頭看向窗外，正好看見遠方有隻大鷹飛過，是鷹不是龍，只是體型像龍。我搖搖頭：「看來是沒封好。」

歐德說：「守門人還在盡力封鎖，但是渾沌的力量改變了門鎖的複雜度，他的鑰匙已經鎖不住大部分門戶。想要去找他，總有縫隙可鑽。」

「多大的縫隙。」

「小縫，不能搭火車。」歐德說，「人類的體型就擠得進去。」

我皺眉。「血肉之軀要怎麼達到時速三百公里？」

「用跳的。」歐德說。他的目光在我們所有人的臉上打轉。「不帶降落傘跳下去，敢不敢？」

我們幾個人互看幾眼。「敢，沒在怕的。」我代表發言，「只是你確定這樣跳下去，速度夠嗎？」

「沒算過，刺激吧？」歐德說，看到我揚眉瞪他，他又笑道：「有我在，不必擔心。跟我跳下去就是了。」

「等一下！」臉色有點白的保羅舉手道，「如果只有人形大小的東西能夠進去，外面那麼大隻的老鷹又是怎麼出來的？」

我們全都轉頭看向歐德。歐德先是面無表情，接著咧嘴而笑。「我只是想要刺激一點。喜歡的話，整架飛機往下衝也可以。」

雙燕跟空服人員交頭接耳了幾句，回頭跟我們說道：「快到左營了，準備開始俯衝。」

歐德揚眉：「雙燕小姐知道確切的位置嗎？」

雙燕點頭。「我去過一次。」

我們全都回座位上坐好，繫上安全帶的燈號亮起後，飛機隨即展開俯衝。機身的震動逐漸加劇，耳中的聲響越來越沉悶。當機外爆出第一道突破時空的電光時，我們全都感到心頭一震，彷彿有某種絕對強大的實體突然注意到我們的存在。

「女神發現我們了。」歐德說。

我的腦中突然浮現一名女子的背影，對方在電光火石之中緩緩向後轉來。

「爲什麼會吸引她的注意？」我問。

「如今她的渾沌意識已經與世界融爲一體。」歐德道，「這並不表示她清楚世界上所發生的一切，但是所有她有興趣知道的事，她都可以得知。她在注意時空門戶開啓的現象，因爲她要掌握筆世界有多少虛幻生物進入現實。我們跟其他生物不同，開啓的是一道離開現實的門戶，自然會吸引她的注意。」

此刻腦中的背影已經轉到一半，眼看女神就要直接看見我的臉。我心中浮現一種迫切的恐懼，呼吸急促，心跳加速，深怕女神完全轉身，認出我的身分。不知道爲什麼，我的意識肯定這是一件極度恐怖的事，一個聲音在我腦後尖叫，要我拔腿快跑。

「不用擔心。」歐德說，「她沒辦法跟我們進入守門人的後台。」

機外電光猛烈，腦中背影清晰。就在女神即將直視我的容貌之前，突然腦中一陣巨響，女神的形象破碎，我恐懼的情緒隨即消失，呼吸與心跳也恢復正常。我東張西望，發現身邊的夥伴除了歐德外，全都露出一種逃出生天的表情。我解開安全帶，站起身來。飛機與眾人的材質變幻，所有人都彷彿是水彩畫中的人物。我和曾一起分享過這種景象的雙燕相視一笑，當年搭乘高鐵勇闖蓬萊仙境的回憶湧上心頭。

突然間，飛機猛烈震動，接著是一陣尖銳聲響，彷彿機殼遭受外力扭曲撕裂。我們面面相覷，東張西望，尋找聲音出處，最後所有人都將目光投向機尾方向。

這時擴音器中傳來機長報告：「女士先生們，這是機長報告。航機後方尾隨著一隻大老鷹，正對本機展開攻擊。請各位旅客不要驚慌，也請各位長官快點想想辦法。」

就聽見轟然一聲巨響，眼前大放光明，機艙從中折斷，機尾不翼而飛。我們定睛一看，只見飛機後方兩、三百公尺外跟著一隻與我們飛機差不多大的巨鷹，應該就是我剛剛在外面看見的那隻。這時，飛機與眾人化為蠟筆塗鴉，一切都如同小朋友的童書繪本，飛機儘管少了機尾，一時似乎也沒有失速的現象，甚至連機艙中都沒有狂風大作。巨鷹張開巨喙，露出血盆大口，但是在蠟筆渲染下，看起來也不特別可怕。

我問雙燕：「飛機上有沒有武器？」雙燕走到吧台後方，自底下的酒櫃裡抽出一支火箭筒，雙手一捧，向我拋來。我順手接過，跟所有人一起對她露出詢問的表情。

雙燕聳肩。「你們期望我在飛機上擺步槍嗎？當然起碼要有這種火力呀。」

我回過身去，對準巨鷹發射火箭。巨鷹一聲長嘯，雙翅盡展，身形突然拔高，輕鬆避過火箭。

「法寶！」我叫道，「有沒有誰有法寶，拿出來對付一下？」

雙燕抖動衣袖，掌心運轉，手中頓時多了一把大扇子。

「芭蕉扇？」我認得此扇，問道。

「吳子明事件結束後，我正式加入天地戰警，道德師叔就把芭蕉扇傳給我。」雙燕向前一站，揮動寶扇，巨鷹當場被吹得無影無蹤。

我看著巨鷹淪為一點，消失在遠方的奇幻天際。這時仙境化為水墨風采，成為名副其實的蓬萊仙境。我轉頭看向雙燕，點頭道：「這麼厲害，怎麼不早拿出來？」

雙燕笑道：「我喜歡看你逞英雄的模樣。」說完，收回芭蕉扇。

回過頭去，卻見瑪莉神色不善地對著歐德說：「把自己說得好像有多厲害，結果一點用處也沒有。」

「我不能直接干涉呀。」歐德說。

我心想，她應該是不喜歡看到我跟雙燕攜手抗敵，所以找地方發洩鬱悶。不管是不是，這時候我還是別去惹她比較好。飛機在即將抵達博識天軒時逐漸消失，化為眾人腳下的一朵雲彩。我牽起瑪莉，跟她並雲而行。瑪莉驚異於眼前奇景，一時之間也忘了生氣。沒過多久，雲彩飄至洞府外，所有人翩翩落地。我走近一看，只見博識天軒的橫匾缺了一角，紅漆大門殘破不堪，一切都跟我之前的夢境一模一樣。

雙燕吩咐飛機上的天地戰警人員留守洞外，我們一行人隨即步入洞府。我們穿越山洞，進入木屋，路過大圓坑，來到石壁暗門前。當我伸手貼上暗門時，歐德說話了。

「這裡你必須一個人進去。」

「這裡？」

歐德點頭。

「這就是天堂之門？」我語氣懷疑。我曾進過這扇石門，裡面絕對不是天堂。

「彼得在裡面，不是嗎？」歐德道，「你一個人進去。」

「可是我也想去呀。」瑪莉突然說道，「我也想見識天堂。」

「那隨妳吧。」歐德攤手道，「不過要知道，人必須死了才能上天堂。」

瑪莉臉色一沉。「哪有這種事？」

歐德揚眉：「不是本來就這樣嗎？」

瑪莉不服：「那傑克爲什麼可以？」

「一來他此刻還不算是完全的凡人，二來他有聖徒約翰相助，」歐德說，「所以他可以死得比其他人久一點。」他接著轉過頭來看我，「不過還是不能死太久，記住了。」

我看看他們，然後回頭面對石門，深吸一口氣，推開石門。我的眼前光芒大作，轉眼間耀眼到什麼都看不見，但是卻毫不刺眼。光芒越來越甚，頃刻將我吞噬，其他人的存在當場自我身後消失。

我來到一個純白的世界，一個屬於心靈的世界。我感覺不到自己肉體的存在，看不見自己的四肢與身軀。我朝向想要前往的方向移動，卻始終看不見任何景象。我的心是寧靜的，是喜悅的，是好的。我感受不到任何負面的情緒，拋開了所有煩惱。我彷彿可以放下一切，就此回歸天父的懷抱。

但是我不能。

於是我張開不存在的嘴巴，朝向看不見的方向說道：「哈囉？」

我的前方出現一個熟悉的聲音。我看見一道光芒，比天堂的白光更加耀眼。他說：「威廉斯先生。」

「守門人？」我說，「還是該叫你聖彼得？」

「除非你要我叫你米迦勒。」對方說。

「還是照舊吧。」我說，「所以這裡就是天堂？」

「是。」

「上帝在哪裡？」

「附近。」守門人說，「你如果見到祂，幫我問一聲好。」

面前光芒萬丈，彷彿有一扇純光組成的大門開啓一般。我進入光門。我進入天堂。

我還是什麼也沒看到。

我彷彿在一片喜悅祥和的純白境界中行走了許久許久，但是不管我如何找尋，始終找尋不到我要找的東西。我知道我進入天堂不過片刻之間，但是感覺卻如同永恆。彷彿我此刻要找的東西，是我已經找尋一輩子的東西。

接著，四周的光線開始黯淡，越來越暗，越來越暗，彷彿日落西山，但是星星月亮卻沒有出來。我開始慌了，我不知道這是怎麼回事。我寧靜的心出現漣漪，瞬間整個世界崩潰殆盡。正面的情緒離我遠去，負面的一切湧入腦中。我驚慌失措，恐懼顫抖。最後一絲光芒消失，我的四面八方都是永無止盡的黑暗。在黑暗中，我看見了最初，我看見了渾沌。

然後，一個聲音突如其來地在我心中爆炸，它溫柔慈祥，同時剛猛無匹，撼動絕對的黑暗，驅散無序的渾沌。

祂說：「要有光！」

於是，光來了。

我再次見證宇宙大爆炸。我看見宇宙秩序在我面前架構，距離出現了，方向出現了，色彩出現了，光明出現了。我看見星體、星雲、銀河、固體、氣體、物質、反物質。我看見了一切。

我看見宇宙。

我看見上帝的容顏。

「你在找我嗎？」同樣的聲音說道。

「祢……」我吞吞吐吐地道，「祢眞的……是上帝嗎？」

上帝凝視著我，微笑道：「告訴我，你爲什麼要到其他宇宙中尋找你的上帝？」

我流下無形的淚珠，感受一股多到令我無法承受的感動與悲哀。「因爲我……在我自己的宇宙裡找不到我的上帝。」

「啊。」上帝親切地微笑，「那你或許該更用心地找一找。要保持信念，孩子，保持信念。」

我看著祂，卻不知道還能說些什麼。我曾見過同樣的景象，說過同樣的對話。半年前，在反物質神杖的世界裡，我曾與那個世界的上帝如此交談。我不知道眼前的一切是眞實發生，還是來自我腦中的記憶。我不知道是我一廂情願地接受腦中的幻覺，還是上帝眞的出現

在我眼前，甚至祂在半年前就已經透過神祕的方式對我開示。但我很清楚，不論是哪種情形都不重要，重要的是我受到了感召，產生了頓悟，堅定了信心，知道了該怎麼做。

我看見了我。

上帝神色滿意地點點頭，隨手揮舞，爲我開啓一扇跨越天堂的大門，輕輕將我推入門內。

我用力咳嗽兩聲，伸手推拿喉嚨，深深吸了一口長氣。我開始聽見人們的叫喚，男男女女，眼前都是我在死而復生的情況下會想見到的熟人。我看見保羅發光的手掌放在我的胸口，另一隻手伸出兩指撥開我的眼瞼，檢視我的瞳仁。我輕輕推開他的手，隨即打量我自己的手掌，然後翻過來觀察手背。我看見了細微的不同，別人無法察覺的差異。我知道，自天堂回歸的我，已經重獲新生。

瑪莉扶著我靠向洞壁坐起，見我還在看我的手，問道：「你在看什麼？」

我愣了愣，轉頭看她，說道：「歲月。」

瑪莉皺眉：「歲月？」

我點頭：「我比前一秒的自己……老了一秒。」

「啊？」瑪莉不解。

「我已經完全失去了神性。」我說，「變成徹底的凡人。」

歐德湊到我的面前。「所以你已經做出選擇？」

「我不會取回天使神力，徹底剷除女神。但我也不會袖手旁觀，拱手交出世界。」我一邊說著，一邊手扶石壁起身。「打從我墮入凡間那一刻起，我就爲自己創造出第三個選擇。我選擇以凡人的身分與諸神對抗。」

所有人都瞪視著我，不知該如何回應。

「這是人類的世界。」我說，「而我是個人。」

ch.9 潛入

「各位好朋友，別來無恙嗎？」

我們全都轉頭觀看，只見剛剛的密門大開，不過天堂的光輝不再，只剩下溫暖的燭光，照亮我所熟悉的石洞。洞內點滿蠟燭，照明充足，博識眞人盤腿坐在寒冰床上，掌心平貼膝蓋，雙目閉起，神色安詳，儼然一副練功養氣的模樣。

我們步入石門，迎上前去，在寒冰床前圍成一圈。我正想開口，博識眞人已睜眼笑道：「威廉斯先生、歐德先生、雙燕姑娘、約翰、康芒小姐，別來無恙？」

眾人紛紛與他打招呼。保羅沒見過化身中國老頭的聖彼得，但對他這身打扮並沒有露出特別奇怪的神色。或許他那雙聖眼底下可以看破幻象，這我就無從得知了。保羅身入凡塵兩千年，沾染七情六慾，見到從前一同追隨老師救世傳道的同學，心下一片激動，當場衝上去擁抱博識眞人，也不管他是否在大冰塊上打坐。

擁抱良久後，保羅終於放手，凝視博識眞人，搖頭說道：「我想不到這輩子還有機會再見到你。」

博識眞人微笑：「我一直站在門口等你呀，我的朋友。」

保羅激動不已，忍不住就要落淚。博識眞人轉向他身後的瑪莉，問道：「康芒小姐的新生活還適應嗎？」

「適應，多了個男朋友。」她拉拉我的手，接著朝保羅點頭。「還多了個爸爸。」

博識眞人揚眉，「眞是想不到呀。」

我跟保羅一看他那個樣子，就不覺得有什麼想不到的地方。「你早就知道了？」我們同聲問道。

「沒有。」博識眞人比向歐德，「我是一直到歐德先生前來助我療傷之後，才知道這一切的前因後果。」

我們全都看向歐德。歐德笑道：「聖彼得也是當年循線查入筆世界，結果遭受女神封印記憶的受害者。我取回記憶後，料想會需要他的幫助，於是就找過來了。」

博識眞人轉向雙燕，露出和藹的長者笑容，「雙燕姑娘，我看妳的眉宇間透露著一股陰鬱之氣，最近過得不順遂嗎？」

雙燕輕嘆一聲，「憂國憂民。」

博識眞人搖頭，「我看不像，比較像是兒女私情。」

雙燕再嘆一聲，「多謝眞人關心。不過，這種時候若不談正事，只怕日後沒機會再談兒女私情。」

「這麼說倒也是。」博識眞人大袖一揮，洞內當場多出兩張茶几、幾把古色古香的中國木椅，以及一陣茶香。「各位請坐，從長計議。」在我們各自找位子坐好後，博識眞人看著我說：「威廉斯先生快人快語，打定主意要以凡人之力力挽狂瀾。說得豪爽，聽得痛快，卻不知道有沒有什麼可以阻止女神的具體辦法？」

這話問到眾人的心坎裡，大家隨即朝我看來。我好整以暇地喝了口茶，放下茶杯，拿起茶壺又倒了一杯，這才回應眾人的目光，緩緩說道：「沒有。」

瑪莉揮手在我手臂上捶了一下。

「一切歸零，從長計議。」我說。

「如果你決定不使用我的力量，」歐德說，「就不必考慮和女神正面衝突了。除了米迦勒的力量外，世界上沒有其他力量可以與她抗衡。要對付她，必須智取。」

「智取可行嗎？」保羅說，「女神只是以摩根．拉菲為代表形象，事實上，她是世界上所有文化古老諸神的總和，體內包含許多類似希臘荷米斯那種以機智著稱的神祇智慧。你要與她鬥智，未必能佔上風。」

「古老諸神，重點在於『古老』這兩個字。」歐德說，「他們當初就是跟不上時代，才會遭到信徒遺忘。他們是食古不化的一群，如今化身女神，寄望渾沌，表示他們已經到了狗急跳牆、孤注一擲的地步。在這種情況下，不管是不是神，會犯錯都是在所難免。」

「我覺得你說得很有道理。」瑪莉深以爲然地點頭道，「那麼請問，你有什麼好計策可以用來智取嗎？」

歐德和她對看，沉思片刻，最後搖頭道：「從長計議、從長計議……」

一段沉默過後，瑪莉開口道：「讓我試試用好運去對付她？」眼看眾人都露出不以爲然的表情，她繼續道：「反正我是她女兒，就算沒效，她也未必會對我怎麼樣吧？」

「這點我曾想過。」我說，「問題在於，妳的好運並非眞的好運，而是爲他人帶來厄運。在我看來，這根本是屬於渾沌力量的衍生。」我緩緩搖頭，「我不認爲妳有可能對付得了她。」

瑪莉凝視著我，欲言又止。我揚眉露出詢問的神色，她終於說道：「但我還是想去面對她。畢竟……你知道……她是我媽。」

我偷偷瞄向保羅，不過他沒有反應，似乎有點心不在焉。我牽起瑪莉的手，溫柔說道：「她不想見妳，也不想見妳父親。否則她昨天進入現實後，必定會立刻察覺你們就在附近。

但是她……」我不知道我爲什麼要告訴她接下來這些話，或許是因爲我想要安慰瑪莉，也可能是因爲我想要在摩根．拉菲身上看見一點人性。我說：「她叫我去照顧我的女人，去照顧妳的父親。我相信，儘管沒有表示出來，但她畢竟是關心妳的。」

瑪莉目光堅定，「我希望看她表現出來。」

我不知道該說什麼。

「聽著，雖然還不知道你該如何除掉她，但我了解你必須除掉她的理由。」瑪莉沉重地道，「我只是希望能在一切結束前，看到她以我媽的身分出現在我面前，而不是女神。」

我凝視她片刻，在她的雙眼中看見懇求的神色。「我再幫妳想想辦法。」

「中國人說，解鈴還需繫鈴人。」雙燕說道，「或許解決此事必須從莎翁之筆著手。」

此言一出，所有人都點點頭。

「但要怎麼做？」瑪莉問，「摧毀它？」

「這或許是個辦法。」歐德說。

「誰能保證摧毀莎翁之筆將造成什麼效果？」我問，「就算能夠導致筆世界崩潰，也未必能夠影響已進入眞實世界的人物。」

「我也不知道。」歐德說，「但至少這是值得一試的途徑。你還能想出其他方法嗎？」

我緩緩搖頭，「重點在於，莎翁之筆在女神那裡。想要把筆拿回來並不容易，簡直可以說是玩命。如果不能確定它一定有效，我不認爲我們應該輕易嘗試。」

「我可以肯定它有效。」始終沒有發言的保羅，突然說道。

我們全都轉頭看向他。

「但光摧毀莎翁之筆還不夠，我們必須連帶將莎翁之筆的力量來源也一併摧毀。」保羅說，「筆世界之所以如此栩栩如生，眞實到連其中的虛構人物都可以擁有靈魂，就是因爲它的力量來自莎翁之筆；而莎翁之筆所取用的，原本就是屬於上帝的力量，也就是創造的力量。」

我們全都凝視著他，對他的說法有點概念，卻又不能肯定他所指的究竟爲何。

保羅伸出右掌，拍拍自己的心口，「啓示錄之心。」

眾人神色訝異，瑪莉倒抽了一口涼氣。我明知不該，心裡卻還是想道：「**來了、來了，犧牲的戲碼終於要上演了。**」

瑪莉語氣激動：「摧毀啓示錄之心……就表示？」

「我會死。」保羅點頭。

「那怎麼可以？」瑪莉叫道。

「聽我說，女兒，」保羅安撫道，「我都想清楚了，這一切都很合理。不管女神花了多少心思，她的渾沌力量都是奠基在啓示錄之心的創造力量下。摧毀啓示錄之心與莎翁之筆，渾沌將會無所依歸。」他一一面對我們的目光，冷靜地道，「相信我，我也不喜歡自殘。如果你們能夠想出其他辦法，我絕對樂意接受。再說，就跟上帝不再管理人間之事，還有傑克不願取回天使之力一樣，不該屬於人間的力量，就該從此離開人間。如果要把人類的命運徹底交給人類掌管，那麼像啓示錄這種末日審判，就不能繼續留存人世。啓示錄之心必須摧毀，這是此事發展下去的必然結論。」

「但是……」瑪莉搖頭。

「女兒，」保羅神色愛憐，「我活了兩千年，夠了。」

「不夠！」瑪莉大叫，「對我來說根本不夠！你才當我幾天爸爸？就要撒手不管了嗎？」她流下眼淚。「我爸要用自殺的方式去除掉我媽？這樣我就什麼都沒有了！」

「妳能活下來，這才是最重要的。」保羅說。

「我不這麼想。」瑪莉冷冷地搖頭，「我說……爲什麼我們不能給媽一個機會？爲什麼我們不能接受媽的渾沌世界？說不定我們一家人在渾沌中一樣可以幸福快樂地過一生！」

「恐怕不行。」博識眞人突然說道。同時我們的耳機中也響起愛蓮娜的聲音，說得就跟博識眞人一模一樣。

「除非女神打算毀滅世界，否則世界的混亂情況絕對超乎她的預期。」博識眞人說，「地殼變動，板塊漂移，冰山融化，海面浮升，全球有五分之四的火山都在爆發，光是火山灰，就已將百分之三十的地表遮蔽得暗無天日。地球的磁場開始位移，連帶影響天氣出現劇烈變化，動物失去方向感，加上人禍不斷，大規模毀滅性武器持續引爆，全球死亡人數已經達到一分鐘幾十萬上下的地步。就算撇開這一切不談，」博識眞人微微抬頭望向洞頂。「地心引力的變動也已導致月球脫離軌道朝地球逼近而來。光是這項危機，幾乎就等於宣告世界只剩下半個月的時間。而我很懷疑在月球撞上地球時，地球上還能剩下多少活人。」

我們全都聽傻了，一時之間沒人說話。

「如果我們打算做點什麼，動作最好快一點。」博識眞人補上一句。

保羅說：「除非中途有奇蹟發生，不然就照我說的去做吧。」

瑪莉還想爭辯：「可是……」

保羅臉現怒容，抬高音量斥道：「還可是什麼？妳沒聽到一分鐘幾十萬上下嗎？妳如此優柔寡斷，感情用事，死的人可多了！」

我看瑪莉神色委屈，趕緊把話接過來道：「照你說的也不好做，光是取回莎翁之筆就已經非常困難了。」

歐德舉手：「我可以……」

「你不行。」我立刻搖頭，「你做任何事都等於是天界勢力介入。如果讓你介入，那直接去跟摩根．拉菲打一架就好了。」

「空有力量卻什麼都不能做，讓人覺得很無力。」歐德垂頭喪氣。

「那不是我現在要擔心的問題。」我說，「愛蓮娜，妳能找出女神的巢穴嗎？如果有這種地方。」

「目前她依然神出鬼沒，想去哪裡就去哪裡，看不出有特定的巢穴。」愛蓮娜說，「我沒辦法研判她把莎翁之筆藏在哪裡。就算你要直接去問她，我都無法確定在你抵達她當前的位置之後，她是否還會待在那裡。」

眾人大眼瞪小眼，一時之間無計可施。

接著，博識眞人靈機一動，「不能直接去找她，不如間接去找她？」

所有人都轉頭看他，沒人知道他是什麼意思。

博識眞人摸摸花白的鬍子，說道：「我沒辦法直接把你帶往女神身邊，但是我可以打開一道通往女神心靈的門戶，讓你進入她的潛意識中去找出莎翁之筆。」

「我彷彿在前陣子看過一部這種題材的電影。」我說，「問題是，這樣子充其量也只是找出莎翁之筆的下落，如果她隨身攜帶，我們還是得去找她。」

「不。」博識眞人神色堅定，「莎翁之筆如今已成爲一種串聯世界的象徵，類似大地的脈動、生命的能源，不再是一個實際的法寶。只要你能在女神的潛意識中找出它的象徵，我就可以把它握在手中，轉爲原形。」

「這麼玄？」我問，「她的潛意識是什麼樣子？」

「人是以神的形象創造的，所以潛意識的運作也大同小異。」博識眞人說，「基本上那是一個不自覺的境界，會因應意識所處環境與事件，而自行產生應變的可能。有時候這些應變的可能會影響到意識的行爲，但大部分時候不會。」

我搖手。「你越講越糊塗了。告訴我，女神的潛意識有什麼需要注意的？」

「有。」博識眞人回答，「她的潛意識中存在著許多獨立的潛性人格，也就是諸神。諸神對於意識的感知能力比一般人要強，反應也較爲激烈，所以女神可以隨心所欲地換上不同的人格，掌握外在的意識。儘管如此，我認爲摩根·拉菲想要維持己身的完整性，就必須刻意壓抑諸神的人格，這表示潛意識中的諸神很有可能處於半催眠狀態。只要你不去招惹他們，他們也不會刻意注意到你。」

「你的意思是要我進去之後就這樣像無頭蒼蠅一樣瞎找嗎？」我問，「潛意識的世界有多大？莎翁之筆在裡面會是什麼樣子？」

「我能做到的就是這樣了。」博識眞人說，「你只能隨機應變。」

「或許還有一個辦法。」愛蓮娜突然說道。

博識眞人微笑，抬頭看向洞頂：「請說。」

「想辦法逼出其他神祇的人格掌控意識，讓摩根・拉菲回歸潛意識。」愛蓮娜說，「或許你可以趁她處於潛意識的狀態下，禮貌性地詢問她。」

我們陷入沉默。片刻過後，我緩緩點頭。「聽起來像是個好主意，但是我感到非常不自在。」

「話是這麼說，但有誰能出面引發摩根・拉菲之外的其他人格？」歐德說，「我是說，除了我之外？」

眾人再度沉默，接著紛紛搖頭。我說：「我知道雅典娜可以引出希臘諸神，但她打定主意置身事外，理由跟歐德不能出手一樣……」

保羅長嘆一聲：「我本來想我可以出面做餌，但我似乎只能吸引摩根的注意，而不是其他諸神。」

瑪莉突然抬頭，似乎想到了什麼。接著她轉向我，握起我的手掌。「我跟你去。」

我直覺地想要拒絕：「瑪莉……」

博識眞人插嘴道：「我必須提出一個事實。在場眾人裡面，只有傑克才是徹底的凡人，其他人個個身懷特殊力量。你們一進入她的潛意識，立刻就會被發現。傑克是唯一不重要到可以低調潛入的人。」

「但是傑克說我的好運是渾沌力量的衍生，」瑪莉說，「如果跟女神的力量同出一轍，她沒理由會注意到我。」

博識眞人點頭，「說得有道理。」

我跟保羅反對：「這太危險了！妳沒必要去冒這種不必要的風險。」

「這或許是我唯一認識我媽的機會。」瑪莉堅持。

「這一切跟……」保羅急到都不知該如何表達，「這樣做怎麼會讓妳認識妳媽？」

「如果計畫行不通。如果傑克怎麼找也找不出莎翁之筆。」瑪莉說，「我相信我可以吸引我媽的注意，回歸潛意識中……讓我們很有禮貌地好好問她。」

保羅無言以對。我把話接過來：「妳會吸引她全副注意的，這樣就失去了在潛意識中意識恍惚的優勢。妳不可能從她口中套出莎翁之筆的下落。」

「但是我可以和她交談。」她凝視我，神色眞誠，「傑克，我可以有這麼一個機會跟我媽面對面交談。讓我去吧。」

我試圖以眼神說服她，結果發現是自己被她說服。一個女孩想見從未見過面的母親，這種事情有誰能夠拒絕？我將目光轉向保羅，徵求他的意見。瑪莉順著我的目光，對父親展開懇求攻勢。

據說沒有幾個父親能夠抵擋女兒懇求的眼神，保羅顯然也只是一個普通的父親。他與瑪莉對瞪片刻，長嘆一聲，說道：「我這個打算拿筆插自己心臟的父親，似乎沒有立場拒絕女兒去冒險。」

瑪莉眞誠微笑，我站起身來。「我還有一個問題。」我轉向博識眞人，「如果摧毀啓示錄之心，筆世界的人會怎麼樣？」

「生命一旦創造，就不能輕易奪走。」博識眞人說著，看向雙燕，「我無法確定，但是我認爲筆世界的人將有很大的機會存活下來。」

「那我心裡就沒有疑慮了。」我說。

□

我們穿越博識眞人開啓的石門，進入所謂女神的潛意識。身後的石門關閉後，一陣腥風隨即撲鼻而來。我感到氣息不順，瑪莉則是當場掩住口鼻，幾欲作嘔。我們走過短短的石洞通道，眼前景象豁然開朗，詭異絕倫。就看到貧瘠的黃土地上人獸參雜，屍橫遍野，血流成河，夜色之下，遠方的地平面隱泛血光，整個畫面幾乎將我們的眼睛統統染紅。瑪莉倒抽一口涼氣，隨即劇烈咳嗽。我緊握她的手，跟她站在原地愣愣地看著。

接著屍堆開始出現碎動，我才發現地上躺的並非眞的人屍，只是身上染滿獸血的活人。我在血河中尋找，於接近中央的部分發現一塊不受血腥侵擾的土地，上面躺滿正肆意交歡的裸體男女。裸體男女之中，一條莊嚴肅穆的神體盤腿而坐，四條手臂置於膝蓋之上，下體綻放烈焰，身上有三條大蛇遊走。該神的雙眼看似緊閉，額頭上似乎還有第三隻眼，但是距離太遠，我無法確定。

瑪莉吁出一口長氣，問道：「這是？」

「看起來應該是印度教的神界。」我說著，指向中央神體，「沒猜錯的話，那是濕婆。印度教分爲許多教派，彼此的教義大不相同。其中有崇尚苦修的，會以動物獻祭，然後以幾近自殘的方式修煉。另外，還有主張透過男女交媾接觸極樂世界的性力派，」我比向神體四周的裸體男女，「他們交媾不是爲了享樂，而是試圖在靈肉合一的情況下參悟大道。」

「適合我的修行方式。」瑪莉說，「如果我有想要修行的一天。」她將目光轉向濕婆。

「下體冒火是怎麼回事？」

「那是我個人最愛的一段濕婆傳說。」我說，「相傳有一次，毗濕奴與梵天爲了誰才是最值得尊敬的神祇而起了爭執。就在祂們爭論不休時，兩神面前突然冒出沖天火柱，彷彿要將宇宙燒盡。兩神大吃一驚，決定查出火柱源頭。毗濕奴化身野豬，沿著火柱向下奔跑千年；梵天化身天鵝，沿著火柱向上飛升千年。但是最後祂們兩個都沒有找到火柱的盡頭。當祂們回歸原點會合時，濕婆突然來到祂們面前。原來那根火柱就是祂的陽具。毗濕奴與梵天佩服得五體投地，當場承認祂是宇宙中最偉大的神祇。這就是濕婆下體冒火的傳說。」

瑪莉半信半疑地瞪視著我，我攤開雙手，「眞的，這是眞的印度教神話，絕對不是我信口開河。」

瑪莉看回濕婆。「我對濕婆不熟，但印象中，這種多頭多臂的東方神祇，不是應該高舉手臂，掌心中各持一樣法器嗎？」

我點頭。「雕像都是這麼刻的，但要是妳的話，在自己的地盤上，難道不會想把法器放下來休息一下嗎？」

瑪莉瞇起眼睛，凝神細看。「祂額頭中央有第三隻眼？」

「不要小看那隻眼睛。」我說，「濕婆的第三隻眼能夠噴出毀滅之火，周期性地摧毀宇宙。我們絕對不能對任何有能力毀滅宇宙的神祇掉以輕心。走吧。」我說著，舉步向前。

瑪莉拉住我。「你要過去？」

「當然，不是說要來找莎翁之筆嗎？」我說。

「就這樣走下去找？」她問，臉上露出噁心厭惡的神情。

我聳肩。「博識眞人說莎翁之筆已變成一種象徵，大地脈動，生命能源。儘管我已淪爲凡人，但料想看到這樣的東西，還是可以一眼認出。不過，不管有多好認，我們總得下去認才行呀。」我說著，提步又走。瑪莉猶豫片刻，隨即跟上，緊貼在我身邊而行。

我們路過血淋淋的苦修者。儘管刻意避開血跡，但依然每踏出一步都能濺起血滴。眾苦修者有的倒立，有的沉思，有人以刀刃自殘，有人手腳伸長彎曲，更有人飄浮於半空。沒有人發出半點聲息，也沒有人注意到我們的存在。所有人都像是陷入一種半夢半醒的狀態，符合博識眞人對潛意識的描述。

我們沿著外圍走了一大圈，始終沒有任何發現，接著，我朝內圈走去，來到許多男女交歡的區域。這些人同樣沒有發出任何聲音，臉上的神情似笑非笑，彷彿有點愉悅，但又帶有神聖的氣息，讓我覺得如此做愛確實是一種求道之道。只不過，印度修煉者或多或少都練過瑜伽，我要是有帶相機，把他們的性愛姿勢拍幾張回去，大概就可以出本暢銷圖文書了。

等一下，我的手機確實可以照相……

「傑克，」瑪莉壓低聲音，彷彿深怕被人聽見，「我想應該不在這裡，看完我們就快點離開吧。」

我抬起頭來，看向與我們還有一段距離的濕婆。

「你不會想要去打擾祂吧？」瑪莉語氣緊張，「祂張開眼睛可以燒毀宇宙啊。」

我沉思片刻，搖搖頭，「我想妳說得沒錯，感覺應該是不在這裡。先離開再說。」

我們轉身的同時，後方突然傳來低沉刺耳的嘶嘶聲響。我立刻回頭，只見纏繞在濕婆頸部的巨蛇長信亂吐，目光爍爍，正對著我們蓄勢待發。我牽起瑪莉，拔腿就跑。巨蛇嘶吼一聲，竄入地面，在眾多交歡者間迅速朝我們游來。我拉著瑪莉，死命飛奔，沿路閃躲血淋淋的苦修者，聽著後方鱗片摩擦的聲響逐漸逼近。我伸手自外勤袋裡拔出手槍，但一股手槍肯定沒用的預感隨之襲來。我甚至不知該不該開槍，因爲天知道槍聲會不會引來更多的注意。

後頭突然熱風噴灑，一股腥辣到令我眼睛都睜不開的氣息直逼而來。我推開瑪莉，著地一撲，正要翻身而起，雙腳已被巨蛇纏住。對方是一條巨蟒，身體如同酒桶一般粗。我的身

體遭到巨蟒帶動，迅速轉圈，我連忙在雙手受縛前抽出右手，對準巨蟒的眼珠插下。這一指還沒插中，突然全身一緊，氣息阻塞，肺中空氣盡數離體而去。我只覺得眼前一黑，幾欲暈去。就在千鈞一髮之際，我突然感到一股實質的力量透體而過，竄入巨蟒體內。巨蟒猛然後仰，身體鬆弛，張開大嘴，在我眼前如同腥風血雨。接著，牠嘶吼一聲，身體劇烈顫抖，爆出陣陣皮開肉綻的聲響。牠蛇信軟垂，口水四濺，利齒斷裂，眼睛與許多鱗片的縫隙滲出血水。我掙脫牠的束縛，爬出數步之外，自地上站起，目不轉睛地觀看。

這當然是瑪莉的好運兼厄運所導致的結果。只不過，本來她所帶來的厄運都是來自外在的力量影響，比方說飛過來什麼東西插斷了什麼東西，但是在如今我們身處的場景中，沒有什麼外在的東西可以出錯，於是這條蛇的厄運就從體內展開。顯然，牠肉體中所有能出錯的環節，此刻都在出錯，就看牠掙扎幾下，嘔出一團內臟以及未消化完全的食物，隨即摔倒在地，不再動彈。

我認爲發自外在的厄運，似乎比發自內在的厄運來得仁慈。

我回頭看向瑪莉，只見她神色雖然微帶驚恐，但已不似之前那般手足無措，反而隱隱浮現一份自信。我認爲她已經對自己的能力駕輕就熟，並且習以爲常。但這未必是一件好事。

「傑克！」瑪莉指著我的身後叫道。

我立刻回頭，只見倒地的巨蟒張開血盆大口，放聲嘶吼。隨著這聲吼叫，我們四周的苦修者紛紛轉頭朝我們看來。我隨即轉身，拔腿就跑。瑪莉不用我提醒，在我還沒衝到前，已跑在我前面。苦修者開始朝我們撲來。我左閃右躲，拳打腳踢。儘管這些血人手腳彎曲的弧度異於常人，經常會以匪夷所思的方位出手攻擊，不過我憑藉著靈活的身手與過人的經驗處處化險爲夷，頂多就是被抓傷一、兩個地方。瑪莉一直跑在我前面，沒有任何閃躲，就這麼一直跑著，所有對她出手的苦修者，統統下場淒涼。

我們衝到高處懸崖，前方一座木板吊橋，克難搭建，只容一人通過。瑪莉與我先後過橋。我轉身拔槍，射擊繩索。橋斷的同時，一條暴長的手臂突然竄到我面前，一把抓住我的咽喉。手臂主人隨著斷橋墜落，我隨即被他的體重扯向深谷。我的槍口朝上，連射數槍，終於在墜谷前將其手臂射斷。我拔下掐著喉嚨的斷掌，狂喘幾聲，正待躺下休息，卻聽見瑪莉叫道：「飛過來啦！」

我轉頭一看，只見一名苦修者道行深厚，憑空飄浮，飛躍斷崖。我舉起斷掌猛力一擲，正面擊中他的腦袋，卻無法阻擋他的來勢。瑪莉向前一站，順手一揮，深谷起大風，當場將苦修者吹到很遠很遠的地方去了。

我望向苦修者消失的陰影，目光轉向瑪莉，與她對看片刻，接著轉回對面斷崖，看著鼓

譟不休的苦修者，以及依然紋風不動坐在中央的濕婆大神。

「看來博識眞人說得沒錯，摩根·拉菲刻意壓抑諸神。」我緩緩說道，「不然這裡鬧得這麼凶，濕婆沒道理不聞不問。」

瑪莉退到我的身邊，牽我的手，說：「是呀。」

我看她。「妳很冷靜。」我說，「出乎意料之外地冷靜。」

「這裡讓我有歸屬感。」她緩緩搖頭，「如魚得水。」

我凝視她片刻，輕握她的手掌說道：「別當自己家，我們很快就要離開。」

我們遠離斷崖，繼續朝山上跋涉，不久抵達一片沙漠。黃沙滾滾，烈日當頭，我們在越過一片綠洲時牽了兩匹駱駝，然後繼續前進。我們翻過一座砂丘，壯麗雄偉的金字塔隨即映入眼簾。金字塔四周都有守衛站哨，守衛個個鳥頭人身，手持權杖，看起來就是不好應付的模樣。幸運的是，他們也是半夢半醒。

「埃及的什麼神？」瑪莉問。

我指著金字塔下方入口上的金環標誌，「太陽神，拉。」

瑪莉側頭想了想，「裡面不會有星際之門吧？」

「希望不要。」我嘆氣道，「我討厭科幻世界。」

我們搜完沙漠金字塔，接著又跑去熱帶雨林的馬雅金字塔、北歐萬神殿，好幾個文化風格不一的地底世界，路過一座南天門，還有幾個早已被世界遺忘、我都認不出來的原始神域。我們遇到一些追逐，但大部分都安然度過，沒有任何神祇眞正意識到我們的出現。摩根．拉菲壓抑得十分徹底。

「還要找多久？」來到一座山腳下時，瑪莉坐在一塊大石上喘氣，問道，「這跟大海撈針沒什麼差別。」

我在她身旁坐下，拿出隨身藥膏塗抹身上的傷口，「絕望時就只能大海撈針。」我抬頭看向眼前陡峭的高山，暗自嘆了口氣，搖頭道：「不知道這座山裡有些什麼。」

瑪莉抬頭，神色有點迷惘，接著眼睛一亮，「我認得這座山。」

我轉頭看她，揚起一邊眉毛。

「奧林帕斯山。」瑪莉說，「我曾去過。」

我緩緩點頭，「我也在想。保羅說諸神在筆世界裡擇地而居，看來祂們是直接把筆世界中的神域搬過來了。」

「希臘眾神。」瑪莉看著山頂說道，「祂們應該很強大，是不是？」

「祂們基本上都差不多。」我說，「多看一點神話故事，你會發現大部分文化的神話起源，都是一些體型巨大的怪物。希臘的泰坦巨神、中國開天闢地的盤古等等。在古人的世界裡，自然現象乃是最深不可測的東西，於是具有毀滅力量的自然現象，就演變成他們眼中的神祇，同時也都是巨大恐怖的怪物。爲什麼古人都要祭拜天地、祭拜神祇？因爲他們恐懼這些力量，進而尊敬這些力量。」

「我認爲希臘神話故事是一套很有系統的神話故事，它們從渾沌初開講起，代表地的蓋亞與代表天的烏朗諾斯生下各式各樣怪物，這些怪物就是天地間各式各樣自然現象的化身。在地球經歷過那段恐怖混亂的歲月後，泰坦巨神取而代之，建立起一套運作規則。但是，這套規則依然粗糙，世界的氣象與地殼變動依然劇烈，泰坦依然是怪物的形象，地球依然不適合人居住，所以在他們之後又誕生了奧林帕斯諸神。奧林帕斯眾神驅逐泰坦之後，地球的自然環境終於進入一個穩定的狀況，適合人類居住的規則終於訂立出來，於是祂們開始造人。幾乎每個神話裡都會有太陽神，都會有月神，掌管風火之神，掌管生死之神……」

「傑克，」她打斷我，「你在喃喃自語。」

「反正休息嘛。」我搖頭，「世界上各文化的神話太多，我也沒有專門研究。但我想希臘神話可以代表多數神話的典型。虛無、渾沌，代表自然力量的神自渾沌之中誕生、創世，然後遭到後來的神祇推翻或與之共存。大部分的神話都是多神的神話，因爲自然界的力量是多元的。」

瑪莉見我沉思，問道：「所以呢？」

「所以……」我邊想邊道，「基督教乃是少數崇拜單一神祇的宗教，也就是所謂的一神教。上帝是全能的，憑一己之力開創世界，引導世人，從來不曾被任何勢力推翻或取代，任何膽敢起身反抗的實體，統統直接墜入地獄。祂沒有兄弟姊妹分享祂的權力。祂有個兒子，存在的唯一目的就是代替世人受難，讓人們接受感召，堅定信仰，鞏固宗教。除此之外，日月星辰、風雨雷電，沒有獨立的神祇掌握，所有力量都歸祂一神所有。」

「這表示？」

「我在想，祂之所以能夠成爲唯一眞神，是不是因爲人們認同這樣的神，想當這樣的人。」我覺得我已經在胡思亂想，但嘴裡依然停不下來。「我們不喜歡失敗，喜歡呼風喚雨、掌控一切，不喜歡與其他人分享既得利益。當然，後天的教育和生活經驗讓我們成爲不同的人，但內心深處，這些都是我們的天性。」

「我們是我們。」瑪莉說，「我們不該用神來界定我們的行爲，也不該用我們的本性來定義我們的神。」

我揚眉看她，一副想不到她會說出這種話的神態。

「拜託，我好歹也是個英國文學教授。」瑪莉佯怒，接著凝視著我，「你聽起來很客觀，也很冷酷，一點都不像是信仰這個宗教的人。」

「妳一定是把我錯認成某個天使長了。」我說，「我只是個人類，而人類擁有自由意志。我有權利信仰任何宗教，也有權利質疑任何宗教。更好的是，我可以在信仰一個宗教的同時質疑這個宗教。」

「所以現在宗教只是一個談論的話題？」瑪莉質疑，「你剛剛才見過上帝的事實並不代表什麼意義？」

「我想這才是重點，不是嗎？」我說。

「我說你到底信不信上帝？」

一個男子的聲音突然在我們身後問道。我與瑪莉當場嚇得跳起來，迅速轉身，只見我們後方有一名身材中等的白種男子倚樹而立，雙手交抱胸口，神態似笑非笑，彷彿對於我們受驚的反應感到十分有趣。

我本能性地擋在瑪莉身前，不過瑪莉隨即跨上一步，與我並肩面對對方。我看她一眼，期待她搶先我一步發言，不過她沒有這麼做。我朝對方問道：「你是誰？」

「本地居民。」對方語氣輕鬆地道，「我吃飽飯路過這裡，剛好聽見你們在聊天，忍不住就插嘴了。」他哈哈一笑，繼續說道，「我是眞的好奇，你到底信不信上帝？」

「信。」我斬釘截鐵地說。儘管不知道對方來頭，不過單就他是打從進入女神潛意識以來，第一個開口和我們說話的人來看，他肯定不是什麼我們可以輕易忽略的人。

「那你到底質疑祂什麼？」

「我質疑的不是上帝，而是祂的宗教。」

「基督教有什麼問題嗎？」

我揚起嘴角，輕輕一笑。「都是些芝麻蒜皮的小事，無關緊要。」

對方揚起眉毛，「無關緊要？你此刻身處一場人神大戰的中心，而你竟然認爲宗教的問題無關緊要？」

「正因爲是人神大戰。」我說，「如果是人與人之間的戰爭，宗教間的差異與缺失才會成爲議題。但是人與神的戰爭根本無關宗教。你知道外面現在是什麼情況嗎？人類已面臨生死存亡之秋，在現在這個節骨眼上，我不在乎基督教有沒有什麼問題。」

「哇，」男子攤開雙手，「我以爲你會發表一篇關於人性反思的長篇大論，眞想不到你會這麼說。那你們剛剛講那麼多又是怎樣？」

我聳肩，「休息的時候閒話家常。」

「嗯……」男子緩緩點頭，似乎一時之間不知道該怎麼接話。

我開口詢問：「尊姓大名？」

「荷米斯。」他隨口回答。

我與瑪莉互看一眼。「爲什麼你能來去自如？」我問，「其他諸神遭受女神抑制，根本無法意識到我們的存在。就算沒有女神抑制，你身處潛意識中，思緒也不該這麼清楚。」

「我知道、我知道。」荷米斯點頭，「我生性狡猾，地位卑微，很容易就會被人忽略。事實上，打從諸神合一那一刻起，我就已經脫離摩根·拉菲的掌控，在女神腦中自由來去，而她到現在都還沒發現我在到處亂逛呢。」

「爲什麼？」我跟瑪莉齊聲問道。

「當然是爲了有朝一日在這裡遇上像你們這樣的外來人士。」

「換句話說，」我挑眉，「你是臥底的？」

「最頂尖的臥底。」他得意洋洋地道，「你們遇見雅典娜了嗎？」

我微微一愣，直言相告：「遇過。她置身事外，不打算涉入此事。」

「那我就贏啦。」荷米斯哈哈一笑，「若她去找你們，就已經涉入此事。我早就說過她不可能袖手旁觀。既然要管，當然該管到底，哪有出來露個臉再躲回去的道理？」

「這麼說，你打算涉入此事？」我問。

荷米斯比向四周，露出受傷的神情，「我都已經跑來這裡了，還不算涉入此事嗎？告訴我，你們在找什麼？」

我張口欲答，卻被荷米斯伸手打斷：「你都沒想過我可能是女神派來刺探情報的反臥底嗎？」

「有，但是我相信你。」我說。

「爲什麼？」他問。

「因爲我相信你姊。」

荷米斯側頭看我，點頭說道：「好理由。」

「莎翁之筆。」我說，「我們在找莎翁之筆。」

「不在這裡。」看見我們失望的神情，他又補充道，「至少我沒見過。女神的腦海只有一個地方我不曾踏足，就是摩根・拉菲的領域。」

我與瑪莉互望一眼，接著同時緩緩點頭。看來事情總要走到這個地步。我說：「帶我們過去。」

「我只能帶你們到邊境。爲防你們行動失敗，我就不跟你們一起進去了。」荷米斯走到我們面前，一手一個將我們提離地面，向前跨出一步，四周景象物換星移，轉眼來到一片原始樹林之中。

他將我們放下，說道：「到了，你們自己保重。」說完，再踏一步，當場消失。

我跟瑪莉打量眼前的樹林，黑暗深邃，一片死寂，充滿泥土與植物的氣息，隱隱潛伏著一股野獸的麝香，原始又狂野，令人心生莫名的恐懼。

我轉頭看著荷米斯離去的方向，同樣的樹林，不過夾雜著一股細微的流水聲，看來那裡有條小溪分隔摩根的領域。

「所以，」瑪莉輕聲道，「古威爾斯？」

「看起來像。」我說，「走吧。」

我們在樹林中搜尋，遇上幾隻飢餓的猛獸，但是牠們都沒對我們展開攻擊。我想是因爲瑪莉的關係。這裡的猛獸熟悉瑪莉的力量，牠們沒有感應到外來勢力的入侵。

最後，我們來到樹林中央的一片空地。空地中生有一堆營火，零星擺放著一些老舊的生活用具，沒有人。我與瑪莉在空地邊緣駐足片刻，接著鼓起勇氣，來到營地四下翻找。沒有莎翁之筆的蹤跡。

「好吧，我想就這樣了。」我站在火堆旁，看著架於火堆上的大鍋裡所煮的東西。那裡面沒有亞瑟王傳奇裡女巫應該調配的噁心藥水，只是一鍋兔肉湯。這裡是古威爾斯，早在羅馬人入侵英格蘭之前的年代，早在天主教入侵其他文化之前的年代。那時候的摩根．拉菲還沒被醜化成惡毒的女巫。「莎翁之筆不在摩根．拉菲這裡，我們回去吧。」我說著，自袋中取出博識眞人交給我的一把鑰匙，用來開啓回歸大門的鑰匙。

瑪莉壓住我的手，凝視我的雙眼，輕輕搖頭，「我想見我媽。」

我知道我攔不住她，我只是期待她會自己改變心意。我依然將鑰匙握在手中，點頭道：「如果情況不對，我們立刻離開。」

「你應該先走。」瑪莉說，「我媽不會傷害我的。」

我沒有說話，只是冷冷地看著她。

看到我絕不肯先走之後，她拉著我後退兩步，站在營地邊緣，然後張嘴叫道：「媽！我想見妳！」

她的聲音遠遠傳開，但很快就消失在濃密的樹林中。我們等待片刻，沒有反應。瑪莉正要張嘴再叫，我們身後突然傳來一名女子溫柔慈祥的聲音，「噓，小聲。」

我們轉身。只見摩根．拉菲站在我們面前，赤身裸體，雙目緊閉。

「我沒有多少時間，女兒。」摩根輕聲說道，「但是我必須見妳。」

瑪莉當場淚流滿面，「張開眼睛，媽。看看我，也讓我看看妳的眼。」

摩根搖頭。「我在這裡看見妳，女神就會在外面看見妳。」她張開雙手，「女兒，來我身邊。」

我緊握瑪莉的手，但她輕輕將我甩開。瑪莉撲入母親懷裡，與摩根相擁而泣。

「我從來沒有想念過妳，直到我了解什麼才是真正重要的事物。我很抱歉。」摩根說，「如今一切都已太遲了。我只是女神腦海中一個微不足道的渺小良知，現實裡根本沒有機會浮出水面。你們一定要幫助世人，渾沌失控了，女神沒有能力阻止世界崩壞，而她也不打算阻止。她被權力與復仇矇蔽了心，只要能夠報復耶和華，玉石俱焚也不在乎。」

「莎翁之筆在哪裡？」我問。

摩根突然抬頭，神色驚慌，似乎沒料到還有外人在場。認出我的聲音之後，她回答道：「我不知道。」

「妳沒有拿？」

「我想拿，但找不到。陳天雲開啓門戶後，莎翁之筆就消失了。」摩根說完，抬頭看天，之後一把推開瑪莉，「她發現了！快走！」

瑪莉雙掌緊貼著摩根的臉頰。「媽，看著我！」

摩根張開雙眼，看著女兒，臉上驚慌的神情短暫消失，激動顫抖的嘴角輕輕揚起。

「我愛妳。」瑪莉說。

摩根張嘴回應，但話還沒說出口，四面八方突然吹起狂風，竄入她體內。我衝上前去，從後面抱住瑪莉，將她強行拉開，接著唸誦禱文，將鑰匙插入虛空，空地上憑空浮現一道光門。光門開啓的同時，摩根·拉菲口中發出渾沌的笑聲。我們連忙回頭，只見摩根全身綻放令人窒息的力量，舉起手掌爆出強光。

另外一股力量自天上墜落，與摩根的強光相互衝撞。強烈的爆炸力道將我們震向後方，穿越光門，回到博識天軒之中。在光門關閉前，我看見摩根·拉菲的身前多了一條背光而立的男性身影。那不是荷米斯，但我實在想不出還有誰能出手相救。

天軒中的夥伴連忙衝過來，扶起倒在地上的我們。保羅抱著瑪莉，不停拍背安撫女兒。歐德則是等我站定，確定我沒有大礙之後，立刻問道：「怎麼樣？找到莎翁之筆了嗎？」

「沒有，摩根·拉菲說她沒拿。」眾人紛紛露出失望的神情。我繼續說道：「但我想我知道是誰拿走了。」

眾人眼睛一亮，希望重回臉上，「誰？」

「我。」我說著，轉向博識眞人，「該是把我放在你這裡的原稿拿出來用的時候了。」

ch.10
封筆

「什麼原稿？」保羅抬頭問道，「什麼叫作你拿了？」

「只是一個預感。」我說，「莎翁之筆消失時，只有我、女神以及陳天雲在場。女神沒拿，陳天雲死了，那除了我以外，想不出還會有誰拿。」

「但是你沒有拿啊？」保羅問。

「現在還沒拿。」我點頭，「但是我突然想到我有辦法拿。」

大家全都盯著我看，就連瑪莉也邊擦眼淚邊抬起頭。我神色堅定地轉向博識眞人。

「你確定現在就要施展最後手段了嗎？」博識眞人問。

「我懷疑我已經施展過了。」我說，「我只是在跟隨自己未來的腳步。」

博識眞人手中憑空出現一張泛黃的紙張。「想清楚，你只有一次機會。」

我走過去，伸手接過原稿。瑪莉湊到我身旁觀看。

「『備份一切？』」瑪莉看著原稿唸道，「就這樣？備份一切？這是什麼原稿？」

「第一次見面時我就跟妳說過，只有作者才能以血肉之軀進入莎翁之筆的世界。」我

說，「妳一直沒有問過我用莎翁之筆寫了什麼故事。」

「備份一切？」瑪莉神色迷惘，「這根本不是故事。」

「整個世界就是我的故事。」我點頭，「我做了很多設定，厚厚一大疊，但這個標題就代表了一切。打從我寫成《備份一切》開始，世界上的每個人、每個生命所做過的每件事，甚至是每個天體的誕生與毀滅，統統鉅細靡遺地被這份原稿備份下來。其中的資訊太多，不可能化爲實際的文字記載，所以到最後就只剩下這張原稿變成作品的象徵。」

愛蓮娜的聲音傳來，「我偵測到一個容量近乎無限的資料庫，透過一個人工蟲洞通往另一個平行宇宙。」

我們不約而同地抬頭看向洞頂，接著我點點頭，「那也是一種說法。」

「如果你眞的複製了宇宙間所有細節，那肯定需要強大無比的能量。」保羅說，「莎翁之筆創造出來的筆世界，都是沒有足夠細節的世界，它們不必架構作者沒有寫到的部分，所以需要的能量有限。但是複製整個宇宙，並且持續備份，所需的能量肯定不是莎翁之筆所能負荷。你如果寫出這種故事，我一定會知道。」

「說得不錯，所以說它只是備份。」我點頭，「其中記載的都只是原始資料，並沒有化爲實質的世界。」我將原稿攤在寒冰床上，冷冷凝視，「但是它可以爲我呈現記錄中任何一個時間點所發生的一切，並且讓我回到那個時間點，改變過去。」

除了博識眞人外，所有人都瞪大雙眼，就連歐德也一樣。歐德問：「這麼厲害，爲什麼不早一點拿出來用？你可以用它來想辦法阻止女神進入世界，甚至可以趁她壯大之前……」

「這麼厲害的東西當然會有缺點。」我搖頭，「如同保羅剛剛講的，能量有限，它的缺點就是只能用一次。無論我們怎麼做，女神降世都是必然會發生的事。我如果拿它來阻止女神降世，過個幾年她捲土重來，我手中就沒有王牌了。要用，就要用在能夠徹底解決的地方。」

「那麼你打算怎麼使用它？」保羅問。

「回到莎翁之筆消失的時刻。」我說，「讓我自己成爲莎翁之筆消失的原因。萬一辦不到，至少我可以確認是誰拿走了筆。」

歐德突然神色一凜，凝視剛剛光門消失的方向。「要動手就快。」他說，「女神已經在試圖突破屏障。」

「我以爲你說她沒有辦法進來？」我揚眉。

「這世界上再也沒有她做不到的事。」歐德看著不存在的光門，「只看她有沒有心。」

他轉向我，神情凝重，「你不能只是確認誰拿走了筆。你一定要把筆拿回來。一旦女神闖

入，一切就結束了。」

「相信我。」我說著，將手掌貼上原稿，「我是救世主。」

我整個人籠罩在一片閃亮卻毫不刺眼的白光中，感覺自己在時間的洪流裡乘風破浪。我清除雜念，專注思緒，瞄準女神出世的那一刻前進。我看見歲月交替，物換星移，接著一切開始凝聚成形。我回到信義區的隱形大樓中，看見躺在地上奄奄一息的我。我看見陳天雲撰寫歷史，女神降臨大地。陳天雲慷慨激昂，挑釁女神。我看見女神凝聚力量，跟陳天雲正面相拚。渾沌力量與命運之矛交擊，爆出一道難以想像的光芒。

透過《備份一切》鉅細靡遺的記載，我以更加透徹的目光目睹一切。而我看見的景象令我震驚不已。在記憶裡，那一陣爆炸猛烈無比，當場讓隱形大樓淪爲廢墟。但在我此刻的眼裡，那場爆炸並非命運與渾沌相互激盪的結果，那是這兩股力量相互融合的反應。我看見命運劃開渾沌，建立秩序，遠近、黑白、大小、雌雄，一切的一切都在那場爆炸中誕生，不過所有的觀念都渾沌不明。我無法了解這一切究竟是怎麼回事，但我知道自己曾經見過類似的景象。

宇宙大爆炸。

那一刻裡，一個全新的世界誕生了。

「喔，我的神啊。」我喃喃說道，緩緩抬頭，看著無盡的星空。我彷彿看見了每一顆星星都由兩個相同的光點組成，相互交疊，融爲一體。一切發生在轉瞬間，就連女神也沒有察覺。但在如今我所處的角度看來，那瞬間彷彿化爲永恆。「到底發生了什麼事？」我對自己問道。接著，我看見了一個可以提供解答的人。

當我將目光轉回女神與陳天雲身上時，我看見陳天雲的身影一分爲二。一個陳天雲繼續手持長矛，與神色歡愉的女神定在原位。另一個陳天雲飄出自己的身體外，臉上帶著一種大功告成的笑意。他仰頭望天，神色滿足地欣賞自己所成就的一切。接著，他轉過身去，邁步離去。就在此時，他看見我，笑容當場僵在臉上。

我目光下移，凝視著他手中的莎翁之筆。

他看看手中之筆，轉頭看向躺在廢墟中的當時的我，最後又抬頭看看此刻的我，凌空來到我的面前，「我還在想，你到底會不會發現眞相。」

「眞相？」我揚眉，「我目睹一切發生，但依然搞不清楚狀況。」

「喔，你清楚的。」陳天雲說，「你只是難以相信。」

我的確難以相信。我凝視著他，緩緩點頭，「我想我確實清楚。你所做的就跟我當初想做的一樣。只是我辦不到，但你卻成功了。我只能利用莎翁之筆備份世界，而你卻用莎翁之筆成功地複製了一個眞實世界……重新創造了一個眞實世界。」

「你顧慮太多，礙手礙腳，這個力量不能用，那個方法不能碰。什麼都不行，當然無法成事。」陳天雲說，「我不是上帝的手下，不須考慮上帝的意志。我憑藉一己的良知做事，掌握屬於我們人類的命運。」

「這就是你奪走諸神與錢曉書力量的原因。」我不是在提問，而是在陳述事實，「你利用我們的力量，供應莎翁之筆複製出一個眞正的世界。」我深吸一口氣，繼續說道，「女神降世後的一切，都是在你所創造出來的世界裡發生。你把女神困在這個世界裡，不讓她爲禍眞正的人間。」

「女神，還有所有筆世界的人物以及其他知情人士。」陳天雲點頭道，「只要女神沒有發現眞相，眞實世界就安然無恙。」

「她可能會殺死雙燕。」我說。

「雙燕有你照顧。」

「而你就這麼把我們留在這裡，自己一走了之？」我語帶責備。

陳天雲搖頭，「我會留下來，成爲這個世界的一部分。我必須守護提供這個世界力量來源的諸神，包括你在內。只要你們任何一個死亡，世界就會變得殘缺，摩根・拉菲就會察覺異狀。只要我一息尚存，就不會讓摩根．拉菲爲禍人間。」

我看向另一個還在旁邊定格的陳天雲，想到他待會兒將會面臨的慘狀。我回過頭來，點頭說道：「我想你或許眞是救世主。」

「不。」陳天雲神色凝重，「你能發現眞相，女神遲早也會發現。看來我註定將會失敗。」他搖搖頭。「你爲何而來？」

「莎翁之筆。」我說。

他攤開掌心，凝視手中之筆，「打算怎麼做？」

「摧毀它。」

陳天雲皺眉。「我懷疑這樣有用。」

「連帶它的力量來源一併摧毀。」我補充道。

陳天雲眼睛一亮，「啓示錄之心？」

我點頭。

「那或許可行。」他緩緩說道，將筆交給我。「我不能繼續凍結時間，再撐下去就會被她發現。去吧，去結束這一切。」他說完，全身化爲無數光點，散入整個世界。

時間再度開始流逝。女神再度抓住陳天雲的頭髮，將他舉在眼前。我閉上雙眼，集中精神，在離開《備份一切》原稿時，耳中再度聽見女神與陳天雲最後的兩句對話。

「妳不是我的神。」

「你再也不需要神了。」

□

我在一陣天搖地動中回歸博識天軒。我轉頭一看，發現同伴全都聚集在石洞門口，剛剛光門消失處，如今光芒大作，不時傳出陣陣巨響，每一下巨響都撼動整座石洞。洞裡之人個個身懷絕技，不至於被這點地震震倒，可惜我這個唯一的凡人就不行了，當場跌倒在地。歐德衝過來扶我，再度問道：「到手了沒有？」

「到手了。」我舉起莎翁之筆。

保羅叫道：「快給我！」他正要衝上前來拿筆時，光門向內爆開，一陣力量襲來，將歐德以外的所有人吹得離地而起，撞上石壁。

光門中探出一條赤裸美腿，渾沌女神當場踏入洞中，現場隨即陷入一片死寂。

「好，好，好，」女神微笑說道，「所有人都到齊了。」

歐德上前一步，擋在女神跟其他人之間。

女神揚眉：「約翰．歐德。」

歐德冷冷道：「爲何不叫我米迦勒？」

「因爲你不是。」女神說，「如果他想當傑克．威廉斯，那你就必須乖乖地當約翰．歐德。」女神瞄了我一眼，然後又把目光轉回歐德身上，「你想阻止我嗎？」

「我很想。」歐德說，「但是有人一直告訴我不行。」

「那就給我退下。」女神隨手一揮，歐德離地而起，撞上石壁，就看到碎石飛濺，他整個人深陷石壁中，只剩一條右腿露在外面。「不要把自己誤認爲什麼天使長，你只是一個擁有力量的凡人。如今這是我的世界，就算耶和華親臨，我也不會看在眼裡。」

雙燕祭出芭蕉扇，對準女神狠狠搧落。石洞劇烈搖晃，一面石牆當場崩裂，穿開一條大洞，飛到十萬八千里外。但是女神連髮絲都沒有揚起一根。女神瞪了她一眼，芭蕉扇起火燃燒，轉眼化爲灰燼。

「摩根！」保羅叫道。

女神轉頭看著他，微微一笑。「啊，這不是曾與我交歡的聖人嗎？」她語氣一變，嬌媚無限，全身突然綻放一股難以承受的性愛氣息，再度變成我一輩子從來不曾如此想要過的女性象徵。「看在往日情懷的份上，我允許你死前再跟我要好一次。過來，」她伸出雙手，乳房輕顫，令場中所有男性口乾舌燥，下體勃起。「抱我，好約翰。如果讓我高興，或許我考慮幫你生個兒子。」

「媽！」瑪莉拉住保羅，阻止他身不由己地前進，「媽！住手！我們難道不能像一家人一樣好好相處嗎？」

摩根側頭看著她，神色嘲弄。「相處？我的女兒，世界就要毀滅了，妳跟我相處什麼？不要說身為母親的我不曾給過妳什麼忠告，世界毀滅在即，趁還有機會的時候及時行樂。你爸跟我要來享受一下，或許妳也該去找妳的男人。看看他，」摩根比向我，淫蕩笑道，「又硬又大。他可以為妳帶來無比歡愉，讓妳忘卻一切煩惱。」她朝向瑪莉輕輕吹氣，瑪莉當場滿臉潮紅，口鼻嬌喘，乳頭堅挺，雙腳微顫，顯然跟我一樣，體內的慾火被搧到頂峰。

「慾望。」摩根笑道，「盡量抗拒啊，畢竟，抗拒慾望就是人類與動物之間最大的不同，或至少我是這麼聽說的。」

我吞下一口口水，努力擠出問話：「就這樣？慾望？如果世界沒有毀在渾沌之下，這就是妳想要人類信仰的東西？跟隨本能的慾望？」

摩根緩緩搖頭：「我不在乎，小男人。」她哈哈大笑，「我才不在乎你們相信什麼！我是我，我已經不想當你們的神了。」

「我懂了。」我冷冷說道，「渾沌令妳失去信念，妳已不再記得妳追求的是什麼了。」

「我知道。」摩根笑容不減，「這不是很棒嗎？我終於自由了。我不必再去理會那些忘恩負義的信徒，也不必擔心歷史將我遺忘，甚至不必再去與耶和華爭奪勝負。」

我凝視著女神，開始朝保羅走去，邊走邊道：「妳讓我了解就算世界毀滅，我也要堅持一個信念。」我在保羅面前停下腳步，與他互換一個理解的神色，然後繼續對女神說道：「那個信念就是我絕對不要變得跟妳一樣！」

我舉起莎翁之筆，對準保羅的胸口狠狠插下。就在筆尖插入保羅的肌肉，接觸到第一滴鮮血時，一切突然凝止不動。保羅不動了，瑪莉不動了，我手中的莎翁之筆也沒有辦法繼續前進半分。我使盡吃奶的力氣，卻怎麼也插不下去。我的額頭上滲出斗大汗珠，透過眼角看見女神來到我的身邊。

「原來這就是你們的計畫。」女神看著保羅的胸口，伸出手指沾起一滴鮮血，放入口中品嚐，「摧毀莎翁之筆跟啓示錄之心。你們以爲這樣就可以除掉我嗎？」

我冷冷回道：「妳以爲這樣除不掉妳嗎？」

女神想了想，微笑說道：「或許可以。但照現在的情況看，我想你們沒機會成功了。」

「是嗎？」我再度使勁，還是動彈不得。「我就問妳，剛剛在潛意識裡救我們的是人還是神？」

摩根笑容一僵，沒有答話。

「這是人類的世界，」我說，「你們這些古老諸神，乖乖離開吧。」

四面八方出現閃亮的光點，迅速竄向我與女神之間。在女神來得及動手殺我之前，陳天雲再度降臨人間。他伸出左手架開女神的攻擊，伸出右手推動我的筆尖。女神隨即反握他的手臂，將其狠狠甩出，重重撞上石壁。不過一切已經太遲了。時間恢復運轉，莎翁之筆插入啓示錄之心。女神與保羅同聲大叫，一起出手摀住胸口。保羅口中與胸前鮮血狂噴，噴到後來血噴完了，化作猛烈的白光繼續噴灑。女神身體後仰，摔落地面，面無血色，渾身顫抖。所有人全都驚呆了，只能愣愣地待在原地，靜觀其變。

保羅胸口白光黯淡，逐漸消逝。最後一絲光線離體而去後，他向後一仰，癱倒在瑪莉懷中。瑪莉早已嚇得驚慌失措，只能撫摸父親了無生氣的臉頰，凝望他呆滯的眼珠，嘴裡不斷唸著：「爸！爸……爸……」

洞頂突然灑落一道白光，溫暖祥和地投射在保羅身上。隨著白光而來的，是一個和藹慈祥的男性聲音，比之前聽到的上帝聲音少了一份威嚴，多了一份愛，聽起來不像是遙不可及的權威，反而像是耐心的師長，親切的父親。

「約翰。」那個聲音說道。

保羅雙眼紅潤，流下感動的淚水，「老……老師……」

「跟我來吧，約翰。」

「我來了，老師……我來了……」

白光消失了，保羅的手自瑪莉的掌心滑下。瑪莉持續呼喚父親，但泣不成聲，聲音細不可聞。接著她突然轉頭，看向女神，輕輕放下父親，趕往自己母親身邊。

「媽！」瑪莉跪在她面前道，「媽！媽……」

女神氣若游絲，垂死掙扎，彷彿還想抓住最後一根稻草，再度爬回人間。一直到瑪莉出現在她面前，淚水滴入她的眼中，她才終於放開一切，展顏歡笑。最後，渾沌女神回歸摩根·拉菲，在心滿意足的笑容中含淚死去。

石洞失去色彩，幻化為水墨線條，最後線條消失，光明乍現，筆世界的一切徹底崩毀，我們再度回到人間。

尾聲

我們身處一片林間，四周都是高瘦的樹木。我爬起身，環顧四周，發現所有夥伴都在附近。日正當中，艷陽炙熱，林間一片寧靜，充滿泥土與植物的氣味，遠方天際蔚藍，白雲飄飄，所有末日景象蕩然無存。

瑪莉跪在地上，額頭緊貼母親臉頰，默默哭泣。我脫下身上外衣，披在摩根．拉菲裸露的屍身上。瑪莉看來像是需要一點時間獨處，於是我拍拍她的肩膀，隨即走開。

這時歐德已經自地上爬起，博識眞人站在一棵樹下仰望天空。雙燕半跪於陳天雲身邊，扶他靠上旁邊的樹幹。適才女神情急拚命，他這一下可摔得不輕。我見他手腳軟綿綿的，幾處出現極不自然的彎曲，多半已盡數碎裂。我招呼博識眞人，他先是發愣，充耳不聞，接著轉頭看我，連忙趕來。

博識眞人與保羅之前施展神蹟時一樣，手泛白光，行使著神蹟。「內外傷都不礙事。」他治了半天說道，「不過女神震傷了他的氣門，只怕他千年道行要就此廢了。」

「所以他今後就是普通人了？」我問。

博識眞人搖頭，「像他這種人物，再怎麼樣也不會普通。」眼看雙燕握著陳天雲的手，默默在旁陪伴，他又說道：「雙燕姑娘不必擔心，他休息一下就會醒轉。」

我想要安慰雙燕幾句，但見她全副心思放在陳天雲身上，一時之間大概也沒空理我。於是我也拍拍她的肩膀，與博識眞人一同起身。

歐德走過來加入我們。「終於落幕了。」他說。

「是呀。」博識眞人說著，再度抬頭看天。「我想我該回去了。」

我順著他的目光瞭望天際。「回天堂？」

他點頭。「天堂之門無人看守，總不是一件好事。」他轉向歐德，問道：「你要跟我一起回去嗎？」

歐德想了想。「我不知道我該算天使還是算人。我想我需要點時間思考這個問題。」他看著博識眞人，「當我來敲天堂門時，你會幫我開門吧？」

「只要你有禮貌就行。」

兩人同時轉向我，「你呢？」

「回紐約顧店。」我說，轉頭看著瑪莉，「或許，找到生命中重要的事物，然後愛它一輩子。」

我們默默凝望瑪莉片刻，一時間誰也沒有說話。最後，歐德開口：「她不會有事吧？」

我搖頭，「我會確保她沒事的。」

陳天雲一聲咳嗽，噴出一口瘀血，隨即醒轉過來。雙燕如釋重負，在笑容中流下淚水，輕靠在陳天雲的肩膀上哭泣。陳天雲摟著她的腦袋，親吻她的秀髮，安撫她好一陣子。接著兩人相互扶持，站起身來。

「道友，」博識眞人朝陳天雲點頭，「了不起，本來我還以爲世界眞的完了，想不到你不但拯救了世界，而且……」他伸手比向四周，輕嘆一聲，「再創一個世界，將女神困於其中？眞是太高明了。」

陳天雲微笑。「我與歐德先生一同計畫了很久。」

我們全都看向歐德。我訝異道：「你知道那不是眞實世界？」歐德點頭。我又問：「而你沒想過要告訴我們？」

「我能說什麼？」他聳肩，「我是天使啊……」

「你才不是天使！」我叫道。

「好吧。」他又聳肩，「我是高深莫測的神祕人物啊。」

陳天雲舉手道：「這個祕密多一個人知道就多一份洩露的風險，當初我們共同決議不要告訴任何人。」

「總而言之，」我看著陳天雲說道，「到最後拯救世界的，還是一個凡人。我很高興這件事會是這樣的結局。」

「是啊，」陳天雲說，「我也是。」

我伸出手掌，與他握手，「今後有什麼打算？」

「繼續懲奸罰惡，除暴安良，看看還有沒有機會再度拯救世界。」他說。

我和博識眞人互看一眼，「你知道你的道法廢了？」

「道法只是工具，重頭煉起就是。」陳天雲斜嘴一笑，伸出右手輕捶胸口，「拯救世界這種事，主要在於一顆心。」

在場所有人都忍不住點點頭。我誠摯佩服，笑道：「我想上帝沒有估錯，人類眞的準備好了。」

片刻過後，我們圍到瑪莉身邊。我矮身抱起保羅的屍體，歐德則蹲在摩根．拉菲身旁。他看瑪莉沒有反對，於是慢慢動作，抱起摩根．拉菲。瑪莉深吸一口氣，站起身來。

她神色茫然地看向四周，看向我與歐德抱在身前的屍體，最後將目光停留在我臉上。

「他們死了。」她說。

「但是妳活著。」我答，「這是自然運作的方式，也是他們想要的結局。」

她沉默片刻，點點頭。「我想是的。」她又轉頭看看四周的景象，藍天白雲，鳥語微風，「這是一個美麗的世界。」

我點頭：「這是我們的世界。」

瑪莉伸手觸摸身旁的樹幹，閉上雙眼，感受生命的氣息。「這椰子樹的氣味好清新。」

「檳榔樹，親愛的。」我說，「那是檳榔樹。」

《筆世界系列》全書完

蓋亞文化圖書目錄

書名	系列	作者	ISBN	頁數	定價
恐懼炸彈（新版）	都市恐怖病	九把刀	9789867450340	320	260
大哥大	都市恐怖病	九把刀	9789866815690	256	250
冰箱	都市恐怖病	九把刀	9789867929761	240	180
異夢	都市恐怖病	九把刀	9789867929983	304	240
功夫	都市恐怖病	九把刀	9789867450036	392	280
狼嚎	都市恐怖病	九把刀	9789867450142	344	270
依然九把刀（紀念版）	非小說・九把刀	九把刀	4710891430485		345
人生就是不停的戰鬥	非小說・九把刀	九把刀	9789866473029	384	280
不是盡力，是一定要做到	非小說・九把刀	九把刀	9789866473036	384	280
1%	非小說・九把刀	九把刀	9789866473647		400
人生最厲害就是這個BUT！	非小說・九把刀	九把刀	9789866157035	384	299
我買過最貴的東西，是夢想。	非小說・九把刀	九把刀	9789866157738	392	299
綠色的馬	九把刀・小說	九把刀	9789866815300	272	280
後青春期的詩	九把刀・小說	九把刀	9789866815799	272	250
上課不要看小說	九把刀・小說	九把刀	9789866473654	272	280
上課不要烤香腸	九把刀・小說	九把刀	9789866157806	272	280
樓下的房客	住在黑暗	九把刀	9789867450159	304	240
獵命師傳奇 卷一～卷十二	悅讀館	九把刀			各180
獵命師傳奇 卷十三～卷十八	悅讀館	九把刀			各199
臥底	悅讀館	九把刀	9789867450432	424	280
哈棒傳奇	悅讀館	九把刀	9789867929884	296	250
魔力棒球（修訂版）	悅讀館	九把刀	9789867450517	224	180
都市妖1~14	悅讀館	可蕊			各199
青丘之國（都市妖外傳）	悅讀館	可蕊	9789867450470	320	220
都市妖奇談 全三卷	悅讀館	可蕊	9789866815058		各250
捉鬼實習生 1 少女與鬼差	悅讀館	可蕊	9789866815119	208	180
捉鬼實習生 2 新學期與新麻煩	悅讀館	可蕊	9789866815126	240	199
捉鬼實習生 3 借命殺人事件	悅讀館	可蕊	9789866815263	352	250
捉鬼實習生 4 兩個捉鬼少女	悅讀館	可蕊	9789866815270	256	199
捉鬼實習生 5 山夜	悅讀館	可蕊	9789866815409	208	180
捉鬼實習生 6 亂局與惡鬥	悅讀館	可蕊	9789866815416	240	199
捉鬼實習生 7 紛亂之冬（完）	悅讀館	可蕊	9789866815515	240	199
捉鬼番外篇：重逢	悅讀館	可蕊	9789866815652	320	250
魔法師的幸福時光 1 舞蹈者	悅讀館	可蕊	9789866815768	240	199
魔法師的幸福時光 2 鏡子迷宮	悅讀館	可蕊	9789866815898	256	220
魔法師的幸福時光 3 空痕	悅讀館	可蕊	9789869473135	256	220
魔法師的幸福時光 4 古卷	悅讀館	可蕊	9789866473388	256	220
魔法師的幸福時光 5 綠色森林	悅讀館	可蕊	9789866473661	256	220
魔法師的幸福時光 6 葉脈	悅讀館	可蕊	9789866157080	224	199
魔法師的幸福時光 7 流光之殤	悅讀館	可蕊	9789866157172	224	199
魔法師的幸福時光 8 海盜	悅讀館	可蕊	9789866157257	240	199
魔法師的幸福時光 9 龍戰 第一部完	悅讀館	可蕊	9789866157462	392	250
魔法師的幸福時光 番外篇	悅讀館	可蕊	9789866473913	208	180
月與火犬 卷1～7	悅讀館	星子		256	各220
魘	悅讀館	星子	9789866473968	288	240
百兵　卷一～卷八（完）	悅讀館	星子	9789867450531	272	1535
七個邪惡預兆	悅讀館	星子	9789867450913	272	200
不幫忙就搗蛋	悅讀館	星子	9789867450258	308	220
陰間	悅讀館	星子	9789866815027	288	220

*實際定價以各書版權頁爲準

黑廟　陰間2	悅讀館	星子	9789866815577	256	220
捉迷藏　陰間3	悅讀館	星子	9789866157073	256	220
無名指　日落後1	悅讀館	星子	9789866815362	336	250
囚魂傘　日落後2	悅讀館	星子	9789866815446	288	240
蟲人　日落後3	悅讀館	星子	9789866815713	280	240
魔法時刻　日落後4	悅讀館	星子	9789866473173	304	240
怪物　日落後5	悅讀館	星子	9789866473500	288	240
餓死鬼　日落後6	悅讀館	星子	9789866473616	256	220
萬魔繪　日落後7	悅讀館	星子	9789866473814	288	240
太歲（修訂版）　卷一～卷七（完）	悅讀館	星子			1979
太古的盟約　卷一～卷四	悅讀館	冬天			各240
太古的盟約　卷五～卷九	悅讀館	冬天			各199
四百米的終點線	悅讀館	天航	9789866157004	364	250
君子街，淑女拳	悅讀館	天航	9789866157097	272	240
戀上白羊的弓箭	悅讀館	天航	9789866157165	288	240
披上狼皮的羊咩咩	悅讀館	天航	9789866157745	352	250
書蟲的少年時代	悅讀館	天航	即將出版		
術數師1　愛因斯坦被摑了一巴掌	悅讀館	天航	9789866815911	336	240
術數師2　蕭邦的刀．少女的微笑	悅讀館	天航	9789866473050	336	240
術數師3　宮本武藏的末世傳人	悅讀館	天航	9789866157318	336	240
三分球神射手 1～6（完）	悅讀館	天航		272	1420
東濱街道故事集　惡都1	悅讀館	喬靖夫	9789866815829	208	180
慈悲　惡都2	悅讀館	袁建滔	9789866473043	336	240
犬女　惡都3	悅讀館	袁建滔	9789866473227	208	180
武道狂之詩　卷一 風從虎．雲從龍	悅讀館	喬靖夫	9789866473005	256	220
武道狂之詩　卷二 蜀都戰歌	悅讀館	喬靖夫	9789866473340	256	220
武道狂之詩　卷三 震關中	悅讀館	喬靖夫	9789866473494	256	220
武道狂之詩　卷四 英雄街道	悅讀館	喬靖夫	9789866473623	256	220
武道狂之詩　卷五 高手盟約	悅讀館	喬靖夫	9789866473937	256	220
武道狂之詩　卷六 任俠天下	悅讀館	喬靖夫	9789866473975	224	199
武道狂之詩　卷七 夜戰廬陵	悅讀館	喬靖夫	9789866157196	240	199
武道狂之詩　卷八 破門六劍	悅讀館	喬靖夫	9789866157332	240	199
武道狂之詩　卷九 鐵血之陣	悅讀館	喬靖夫	9789866157516	240	199
武道狂之詩　卷十 狼行荊楚	悅讀館	喬靖夫	9789866157820	240	199
惡魔斬殺陣　吸血鬼獵人日誌 I	悅讀館	喬靖夫	9789867450821	240	199
冥獸酷殺行　吸血鬼獵人日誌 II	悅讀館	喬靖夫	9789867450838	240	199
殺人鬼繪卷　吸血鬼獵人日誌 III	悅讀館	喬靖夫	9789867450920	240	199
華麗妖殺團　吸血鬼獵人日誌 IV	悅讀館	喬靖夫	9789867450937	368	250
地域鎮魂歌　吸血鬼獵人日誌 特別篇	悅讀館	喬靖夫	9789867450999	192	129
殺禪　全八卷	悅讀館	喬靖夫			各180
誤宮大廈	悅讀館	喬靖夫	9789866815423	256	220
天使密碼 全五卷	悅讀館	游素蘭			各220
說鬼　黑白館1	悅讀館	琦琦	9789866473333	320	240
惡疫　黑白館2	悅讀館	琦琦	9789866473517	272	240
遺怨　黑白館3	悅讀館	琦琦	9789866157486	320	240
血故事　人魔詩篇1	悅讀館	羽奇	9789866815638	224	180
氏族血戰	悅讀館	天下無聊	9789866473753	224	180
獵頭	悅讀館	烏奴奴＆夏佩爾	9789866473739	288	240
噩盡島 1～13（完）	悅讀館	莫仁		272	2739
噩盡島 II 1～11（完）	悅讀館	莫仁			各220

※實際定價以各書版權頁爲準

異世遊　全五卷	悅讀館	莫仁		304	各240
遁能時代 全五卷	悅讀館	莫仁			各240
陰陽路 卷1～卷5	悅讀館	林綠			
特殊傳說0.5	悅讀館	護玄	9789866157813	288	240
特殊傳說．新版 1	悅讀館	護玄	9789866157936	352	129
山貓　因與聿案簿錄 1	悅讀館	護玄	9789866815560	256	220
水漬　因與聿案簿錄 2	悅讀館	護玄	9789866815645	256	220
彩券　因與聿案簿錄 3	悅讀館	護玄	9789866815775	256	220
祕密　因與聿案簿錄 4	悅讀館	護玄	9789866815836	256	220
失去　因與聿案簿錄 5	悅讀館	護玄	9789866473074	296	240
不明　因與聿案簿錄 6	悅讀館	護玄	9789866473319	272	240
雙生　因與聿案簿錄 7	悅讀館	護玄	9789866473586	288	240
終結　因與聿案簿錄 8（完）	悅讀館	護玄	9789866473685	288	240
殺意　案簿錄系列 1	悅讀館	護玄	9789866157547	256	220
異動之刻 1～10（完）	悅讀館	護玄			2280
希臘神諭	悅讀館	戚建邦	9789866815706	320	250
筆世界系列　全四冊	悅讀館	戚建邦			各220
貞觀幽明譚（上）、（下）	悅讀館	燕壘生	即將出版		
天誅第一部　烈火之城卷（上）、（下）	悅讀館	燕壘生			各240
天誅第二部　天誅卷一～卷三（完）	悅讀館	燕壘生			各250
天誅第三部　創世紀卷一～卷三（完）	悅讀館	燕壘生			共810
伏魔　道可道系列 1	悅讀館	燕壘生	9789867450630	168	139
辟邪　道可道系列 2	悅讀館	燕壘生	9789867450647	168	139
斬鬼　道可道系列 3	悅讀館	燕壘生	9789867450722	224	180
搜神　道可道系列 4	悅讀館	燕壘生	9789867450739	224	180
道門秘寶　道可道系列番外篇	悅讀館	燕壘生	9789866815522	320	250
活埋庵夜譚（限）	悅讀館	燕壘生	9789867450333	224	200
仇鬼豪戰錄 套書（上下不分售）	悅讀館	九鬼	9789866815379		499
輪迴	悅讀館	九鬼	9789866815782	256	199
彌賽亞：幻影蜃樓 上下兩部	悅讀館	何弼＆ 櫻木川	9789867450609	240	各180
銀河滅	悅讀館	洪凌	9789866815508	288	240
公元6000年異世界（新版）	悅讀館	Div	9789866815621	312	240
天外三國　全三部	悅讀館	Div			各180
永夜之城　夜城1	夜城	賽門．葛林	9789867450760	288	250
天使戰爭　夜城2	夜城	賽門．葛林	9789867450845	304	250
夜鶯的嘆息　夜城3	夜城	賽門．葛林	9789867450968	304	250
魔女回歸　夜城4	夜城	賽門．葛林	9789866815041	336	280
錯過的旅途　夜城5	夜城	賽門．葛林	9789866815232	352	299
毒蛇的利齒　夜城6	夜城	賽門．葛林	9789866815393	360	299
地獄債　夜城7	夜城	賽門．葛林	9789866815928	336	280
非自然詢問報　夜城8	夜城	賽門．葛林	9789866473081	288	250
又見審判日　夜城9	夜城	賽門．葛林	9789866473142	320	280
影子瀑布	Fever	賽門．葛林	9789866815607	464	380
善惡方程式（上下不分售）	Fever	珍．簡森	9789866815478	842	599
熾熱之夢	Fever	喬治．馬汀	9789866473234	456	360
審判日	Fever	珍．簡森	9789866473357	592	420
光之逝	Fever	喬治．馬汀	9789866473203	384	320
魔法咬人	Fever	伊洛娜．安德魯斯	9789866473593	336	280
殺人恩典	Fever	克莉絲汀．卡修	9789866473760	400	299
魔法烈焰	Fever	伊洛娜．安德魯斯	9789866473746	352	299
魔法衝擊	Fever	伊洛娜．安德魯斯	9789866473999	352	299

＊實際定價以各書版權頁爲準

魔法傳承	Fever	伊洛娜．安德魯斯	9789866157653	352	299
守護者之心　秘史系列1	Fever	賽門．葛林	9789866157011	416	350
惡魔恆長久　秘史系列2	Fever	賽門．葛林	9789866157219	464	350
火兒　恩典系列2	Fever	克莉絲汀．卡修	9789866157202	384	299
作祟情報員　秘史系列3	Fever	賽門．葛林	9789866157233	352	299
魔印人	Fever	彼得．布雷特	9789866157325	512	399
錯亂永生者　秘史系列4	Fever	賽門．葛林	9789866157424	336	299
獵魔士：最後的願望	Fever	安傑．薩普科夫斯基	9789866157493		320
沙漠之矛（上）、（下）　魔印人2	Fever	彼得．布雷特			640
藍月東昇	Fever	賽門．葛林	9789866157721		399
獵魔士：命運之劍	Fever	安傑．薩普科夫斯基	9789866157752		350
魔法獵殺	Fever	伊洛娜．安德魯斯	9789866157769		340
歲月之石　卷一 四季之鍊	阿倫德年代紀	全民熙	9789866473364	360	299
歲月之石　卷二 妖精環	阿倫德年代紀	全民熙	9789866473951	368	299
歲月之石　卷三 橫越春之大陸	阿倫德年代紀	全民熙	9789866157240	368	299
歲月之石　卷四 兩百年的約定	阿倫德年代紀	全民熙	9789866157387	368	299
歲月之石　卷五 記憶風暴	阿倫德年代紀	全民熙	9789866157615	368	299
符文之子 卷一～卷七	符文之子1	全民熙			
德莫尼克 卷一～卷八	符文之子2	全民熙			
移獵蠻荒1-25（完）	無元世紀	莫仁		192	各160
戀光明　全四部	into	戚建邦	9789867929068	320	各240
殛天之翼1：鋼之翼．空之心	into	陳約瑟	9789867929129	320	240
若星漢第一部～第三部（完）	into	今何在			各250
海穹系列 全五部	into	李伍薰			240
魔道御書房：科／幻作品閱讀筆記	知識樹	洪凌	9789867450326	240	220
有關女巫：永不止息的魔法傳奇	知識樹	凱特琳&艾米	9789867450548	256	220
從九頭蛇到九尾狐	知識樹	王新禧等著	9789866815430	192	180
阿宅的奇幻事務所	知識樹	朱學恒	9789866815492	256	199
光幻諸次元註釋本	知識樹	洪凌	9789866157882		240
新的世界沒有神	朱學恒作品集	朱學恒	9789866473302	304	260
宅男子漢的戰鬥	朱學恒作品集	朱學恒	9789866473982		260
一入宅門深似海	朱學恒作品集	朱學恒	9789866157912		260
魔法世界之旅	知識樹	天沼春樹＆水月留津	9789866473241	240	220
超級英雄榜	知識樹	張清龍	9789866157370	208	280
柯普雷的翅膀	畫話本	AKRU	9789866815935		240
吳布雷茲．十年	畫話本	Blaze	9789866473289		480
魔廚	畫話本	爆野家	9789866473609		200
北城百畫帖	畫話本	AKRU	9789866157028		240
邢大與狐仙（上）、（下）	畫話本	艾姆兔M2			各220
上上籤	畫話本	YinYin	9789866157554		220
Lunavis在天空飛翔的旅人	畫話本	金珉志	9789866157776		480
CCC創作集5～9	CCC創作集				各220
古本山海經圖說　上卷、下卷		馬昌儀			各550
聽說	小說電影館	簡士耕	9789866473371	208	199
愛你一萬年	小說電影館	簡士耕	9789866473944	256	250
初戀風暴	小說電影館	簡士耕	9789866157103	256	199
竊明 卷一～卷七（完）	小說歷史館	灰熊貓			各250
再見，東京 1～4（第一部完）	明毓屏作品集	明毓屏			各250
茶道少主京都出走	悅讀．日本小說	松村榮子	9789866157509		320
打工族買屋記	悅讀．日本小說	有川浩	9789866157622		280

＊實際定價以各書版權頁爲準

國家圖書館出版品預行編目資料

渾沌女神 / 戚建邦 著. ——初版.
——台北市：蓋亞文化，2012.06
面；　公分. ——（筆世界；4）
ISBN　978-986-6157-99-8（平裝）

857.7　　　　　　　　　　　　101009510

悅讀館 RE210

筆世界 vol. 4 完結篇

渾沌女神

作者 / 戚建邦
封面設計 / 克里斯
企劃編輯 / 魔豆工作室
電子信箱◎thebeans@ms45.hinet.net
出版社 / 蓋亞文化有限公司
地址◎ 台北市103赤峰街41巷7號1樓
電話◎（02）25585438　傳眞◎（02）25585439
網址◎ www.gaeabooks.com.tw
部落格◎ gaeabooks.pixnet.net/blog
電子信箱◎ gaea@gaeabooks.com.tw
投稿信箱◎ editor@gaeabooks.com.tw
郵撥帳號◎19769541　戶名：蓋亞文化有限公司
總經銷 / 聯合發行股份有限公司
地址◎ 新北市新店區寶橋路二三五巷六弄六號二樓
電話◎（02）29178022　傳眞◎（02）29156275
港澳地區 / 一代匯集
地址◎ 九龍旺角塘尾道64號龍駒企業大廈10樓B&D室
電話◎（852）27838102　傳眞◎（852）23960050
初版一刷 / 2012年6月
定價 / 新台幣 220 元
Printed in Taiwan

ISBN / 978-986-6157-99-8

RE210
GAEA

渾沌女神

蓋亞文化　讀者迴響

感謝您在茫茫書海中選擇了蓋亞，您的支持是我們最大的動力。
不要缺席喔，讓我們一起乘著夢想的羽翼，穿越時空遨遊天地！

姓名：　　　　　　　性別：□男□女　　出生日期：　年　月　日

聯絡電話：　　　　　　　手機：

學歷：□小學□國中□高中□大學□研究所　　職業：

E-mail：　　　　　　　　　　　　（請正確填寫）

通訊地址：□□□

本書購自：　　　　縣市　　　　書店

何處得知本書消息：□逛書店□親友推薦□DM廣告□網路□雜誌報導

是否購買過蓋亞其他書籍：□是，書名：　　　　　□否，首次購買

購買本書的動機是：□封面很吸引人□書名取得很讚□喜歡作者□價格便宜□其他

是否參加過蓋亞所舉辦的活動：
□有，參加過　　場　　□無，因爲

喜歡出版社製作什麼樣的贈品：
□書卡□文具用品□衣服□作者簽名□海報□無所謂□其他：

您對本書的意見：
◎內容／□滿意□尚可□待改進　　◎編輯／□滿意□尚可□待改進
◎封面設計／□滿意□尚可□待改進　◎定價／□滿意□尚可□待改進

推薦好友，讓他們一起分享出版訊息，享有購書優惠
1.姓名：　　　　e-mail：
2.姓名：　　　　e-mail：

其他建議：

◎請沿虛線剪開、對摺、裝訂後寄出

廣告回信 郵資免付
台北郵局登記證
台北廣字第675號

蓋亞文化有限公司　收

103 台北市赤峰街41巷7號1樓

Gaea

GAEA